미스트 바운드

미스트 바운드

① 안개에 갇힌 기억

대릴 코 지음 | 정보라 옮김

아울리

PART _ 01

할아버지 할머니 집에서

PART _ 02

미스트를 향해

카욘 나무

휘파람 수풀

하구

페라후섬

Far Eastern

Mist Map

우종섬

미싱트의가장자리

바다끝까지

버려진
황무지

N

W · E

S

illusted by Silly Jellie

MIST BOUND

PART _ 01

할아버지 할머니 집에서

1. 마술 양탄자

알렉시스가 할아버지의 정신을 잃어버린 그 밤은 지난주나 지지난 주의 평범한 저녁처럼 할아버지의 사무실 주변을 오랫동안 산책하는 것으로 시작되었다.

언제나 그랬듯이 강으로 가는 길을 터덜터덜 걸으면 신발 아래에서 가을 낙엽이 바삭바삭 소리 내며 부서졌다. 샛노란 보석 같은 해는 불꽃으로 구운 감자칩 같았다.

알렉시스는 멈췄다. 왼팔 팔꿈치 바로 아래가 미칠 듯이 가려웠다. 당장 긁어야 했다. 세게.

"으아!"

알렉시스는 화를 냈다.

"또 물렸어! 이이이익!"

알렉시스는 양손을 마구 휘둘러 옆을 붕붕 날아다니는 조그만 전투기 같은 벌레들을 때렸다. 벌레는 배가 잔뜩 불렀는데도 알렉시스의 손을 피해 부우웅 날아 도망쳤다.

"으아!"

알렉시스는 바로 옆에 떨어져 쌓인 나뭇가지를 발로 찼다. 나뭇가지는 흙먼지 구름에 곱게 감싸여 날아갔다.

"찼습니다, 골입니다!"

할아버지가 양팔을 신나게 공중에 흔들었다.

"고오오오올!"

할아버지가 놀렸다.

"나이스 킥, 새싹! 자세가 아주 좋았어!"

"이익! 모기 너어무 싫어요! 진짜 모기를 발로 차 버릴 수 있으면 좋겠네."

알렉시스가 부어오른 팔을 들여다보려 고개를 숙이자 먹물처럼 까만 머리카락이 달아오른 볼 위로 흩어졌다.

"잠깐 그대로 있어라."

할아버지가 몸을 숙였다.

"잡초를 또 치워야겠구나."

언제나 그렇듯이 알렉시스의 헝클어진 머리카락이 고집 센

정글 덩굴처럼 이마 위에 드리워 있었다. 할아버지가 흘러내린 머리카락을 집게손가락으로 밀어 내자 그 아래에서 알렉시스의 찌푸린 눈썹과 찡그린 코코아색 눈이 드러났다.

두 사람은 숲속에, 혹은 할아버지가 좋아하는 표현에 따르면 '사무실'에 돌아와 있었다. 할아버지는 젊은 시절 식물학자였다. 은퇴한 지 오래됐어도 여전히 이곳에서 사람보다는 식물들과 더 많은 시간을 함께 지냈다.

엄마와 아빠가 2주 전에 알렉시스를 할머니 할아버지 댁에 맡긴 후로 알렉시스는 할아버지와 함께 사무실에 오는 것이 습관이 되었다. 매일 저녁, 할머니가 운영하는 시내(는 사실 지나치게 관대한 표현이었다. '중심가'라는 상상력 넘치는 이름이 붙은 거리 하나에 가게들이 늘어서 있을 뿐이다.) 카페에서 맛있는 저녁을 마음껏 먹고 나면 할아버지와 손녀는 오두막을 지나 그 뒤에 있는 숲으로 나가 오랫동안 산책했다.

"자, 보자…."

할아버지가 알렉시스의 팔을 검사했다. 그러자 할아버지의 벗겨진 뒤통수에 지는 해의 노을이 반사되었다. 할아버지의 주장에 따르면 머리가 벗겨지는 이유는 자라나는 두뇌의 크기에 맞춰 머리가 커지고 있기 때문이었다.

"이 팔을 절단해야 되려나."

"하나도 안 웃겨요, 할아버지."

알렉시스가 얼굴을 찌푸렸다.

"할아버지는 식물학자이지 의사가 아니잖아요."

"그래도 다 생물학이야. 말이 나왔으니 말이다, 새싹, 이렇게 벌레에 물려 부어오른 자리가 처음에 어떻게 생겨났는지 말해 주마."

알렉시스의 입술 끝에 살짝 웃음이 지어졌다가 다시 얼굴의 나머지 부분과 함께 억지로 구겨져서 가짜로 찡그린 표정이 되었다.

"할아버지, 할아버지! 공기에서 뭔가 이상한 냄새가 나요! 뭘까요?"

알렉시스는 주변을 돌아보며 킁킁거렸다.

"아 맞다! 할아버지가 이야기를 지어내는 냄새네요!"

할아버지는 손녀에게 눈을 찡긋해 보이고 씩씩하게 이야기를 계속했다.

"아메리카 대륙의 틀링기트 부족 사람들에 따르면, 아주 옛날에 사람 고기를 야식으로 즐겨 먹는 거인이 살았단다. 어느 용감한 소년이 이 끔찍한 괴물에게 아버지를 잃고 거인을 죽이거나 싸우다 죽겠다고 맹세를 했지."

할아버지가 흥겹게 이야기를 꾸며 대기 시작했고 알렉시스의 마음은 기대감으로 부풀어 올랐다.

'와아, 옛날이야기다!'

가짜로 찡그린 표정을 짓기는 했지만 알렉시스의 눈과 귀
는 할아버지의 몸짓 하나하나, 할아버지의 입에서 나오는 단
어 하나하나에 열심히 집중했다. 할아버지는 알렉시스의 기
분이 나빠질 때면 마치 뜨겁게 달아오른 쇠에 찬물을 붓듯이
순식간에 진정시키는 비법을 가지고 있었다. 그 비법은 대부
분 할아버지의 이야기였다.

요즘 알렉시스는 그 이야기들이 전보다 더 자주 필요했다.

아빠는 외국으로 또 출장을 가야 했다. 이번에는 캄보디아
였다. 그리고 엄마도 아빠를 따라가서 최대한 자리를 잡은 뒤
에야 알렉시스를 함께 데려갈 수 있었다. 그래서 부모님은 할
아버지 할머니 댁에 알렉시스를 맡겼던 것이다. 아파트라든가
어디든 살 수 있는 곳을 찾고, 내년 새 학기가 시작하기 전에
알렉시스가 다닐 학교도 찾아내야 했기 때문이다.

'명절 연휴가 끝나면 또 지긋지긋한 쳇바퀴의 시작이겠지.'

할아버지의 이야기를 듣고 있으면 최소한 또 새로 시작해
야 한다는 불안감에서 잠시라도 벗어날 수 있었다. 계속해서
여기저기 이사 다니는 동안에도 그것만은 알렉시스에게 익숙
하고 안정적인 한 가지였다. 할아버지의 이야기들은 알렉시스

를 따라다녔다. 할아버지가 직접 곁에서 이야기를 들려줄 수 없을 때에도 할아버지가 쓴 편지와 보내 준 책들에 그런 이야기들이 들어 있었다.

그래서인지 이야기 속의 환상적인 나라들과 신화적인 괴물들이 알렉시스에게는 현실에서 계속 새로 찾아가야 하는 집과 모르는 도시들보다 더 친숙하게 느껴졌다.

"받아라, 괴물아!"

할아버지는 땅에 떨어진 나뭇가지로 무장하고 마치 배 나온 백발의 해적이 술에 취해 자기 그림자와 싸우듯 나뭇가지를 획획 휘두르며 영화의 한 장면처럼 이야기를 절정으로 끌어올렸다.

"마지막 남은 기운을 쥐어짜서 우리의 영웅은 몽둥이를 던졌고, 거인의 불룩 튀어나온 배를 찔렀다!"

"와아!"

알렉시스가 환호했다. 그리고 확실히 느꼈다.

'책이나 편지도 좋지만 이야기꾼 할아버지한테 직접 듣는 게 제일 좋아.'

이야기꾼 할아버지는 휘청거렸고, 뒷걸음질치면서 손녀의 머리카락을 헝클어뜨렸다.

"괴물은 균형을 잃고 뒤쪽으로 비틀거리면서 구덩이 가장

자리를 향해서…"

"떨어져! 떨어져!"

할아버지는 배 속에서부터 우렁차게 비명을 질렀다.

"'으아아아아아아!' 거인은 쓰러져서 깜깜한 구덩이 속으로 떨어졌다!"

할아버지는 양팔을 사납게 휘둘렀다.

"괴물이 아래로 아래로 아래로 떨어지면서 퍼부은 저주가 위로 위로 위로 울려 퍼졌지. '내가… 너와아아… 네 가족으으을… 모두우우… 먹어 주겠다아아. 지금부터어어… 영원이이… 끝나알… 때까지이이이이!' 그리고 마치 영원과도 같은 긴 시간이 지난 뒤에 괴물이 마침내 밑바닥의 뾰족한 바위에 부딪쳤어. '꽝!' 그런데 몸이 박살 나는 대신에 괴물은 거대한 까만 가루가 되어 폭발했단다…?"

할아버지는 말을 멈추고 머리를 긁적였다. 그러곤 갑자기 겁에 질려 고함쳤다.

"아냐아아아! 그건 붕붕 울어 대는 벌레 떼였어!"

알렉시스는 헉, 하고 숨을 삼켰다.

"다행히 우리의 주인공은 간신히 도망쳤지만 이미 당한 뒤였어. 온몸이 새빨갛게 물린 자국으로 뒤덮인 거야! 주인공은 '아야! 아야! 아야!' 하고 소리쳤어. 그리고 마치 불개미 떼가 온몸을 덮친 것처럼 자기 몸을 미친 듯이 손톱으로 긁기 시작했지."

할아버지는 고개를 젓고 말했다.

"자, 알렉시스, 그렇게 해서 세상에 모기가 처음으로 생겨났고 그래서 우리는 지금까지도 가려워하는 거야!"

알렉시스는 깔깔 웃으며 눈동자를 굴렸다.

"그래, 이걸로 오늘의 생물학 수업은 끝이다. 어두워지기 전에 돌아가자. 할머니가 집에 오기 전에 깨끗이 씻고 잘 준비해 놓지 않으면 화내신다."

할아버지가 돌아서서 걸어가는 뒷모습을 보면서 알렉시스는 고개를 흔들었다.

'할아버지는 이야기 보물 상자 같아.'

할아버지는 언제나 뒷주머니에 이야기를 감춰 두고 있었다. 옛날부터 입에서 입으로 전해진 우화이거나, 할아버지의 기억을 더듬어 이어 맞추거나 꿈에서 꺼내 지어낸 이야기일 때도 있었다.

'아니, 아니, 아니야. 상자는 진짜 너무 작아. 할아버지는 도서관이야!'

그렇다, 웅장한 회백색 건물 안의 나란한 선반들 맨 꼭대기까지 책을 빼곡히 품고 있었다. 책장마다 먼지투성이 앞표지와 뒤표지 사이에 한 장 한 장 놀랍고도 신비한 세계들을 꼭 꼭 담은 채 누군가에게 발견되어 펼쳐지기를 기다리고 있다.

알렉시스는 코를 찡그렸다.

'잠깐, 아냐. 도서관은 보통 조용하고 재미없는데 할아버지는 절대 안 그렇거든. 아 맞다! 할아버지는 마술 양탄자야!'

알렉시스를 태우고 순식간에 멀고도 엄청난 세상으로 데려가 주는 마술 양탄자.

마술 양탄자가 알렉시스를 슉 태우고 남쪽으로 내려가면 그곳에는 사기꾼 거미 아난시가 거짓말을 뽑아내고 있었다.

마술 양탄자가 알렉시스를 부웅 태우고 서쪽으로 데려가면 그곳에는 늑대인간들이 걸어 다니고 반신반인 마우이가 날아다니며 거대한 낚싯바늘로 큰 바다 깊은 곳에서 섬들을 낚아올렸다.

마술 양탄자가 알렉시스를 태우고 북쪽으로 여행해 가면 그곳에는 멀리 난쟁이들의 영토가 있고 미노타우로스와 메두사들의 고향이 있었다.

그리고 마지막에 마술 양탄자는 먼 동쪽의 집으로 돌아왔다. 그곳에는 구름 속에서 춤추는 아프사라가 흔들거리고, 모습을 바꾸는 아스왕들이 숨어서 아프사라를 엿보았다.

'투어 가이드가 따라오는 마술 양탄자야.'

할아버지와의 산책은 이야기를 듣는 무대이기도 했고 안내자를 따라가는 산길 투어 같기도 했다. 왜냐하면 산책을 갈 때마다 주변에 보이는 여러 가지 꽃과 나무들을 할아버지가 가리키면서 설명해 주었기 때문이었다.

할아버지는 낮게 드리워진 참나무 가지를 피하려고 몸을 숙이다가 중간에 멈추고, 참나무 밑동에서 자라나는 흰색과 보라색 난초를 가리켰다.

"새싹아, 너 난초가 무지개의 모오오오오오오든…."

할아버지는 양팔을 크게 돌리며 '오'를 길게 끌었다.

"색깔별로 다 나온다는 거 알고 있니? 한 가지 색깔만 빼고. 어느 색일까? 맞춰 볼래?"

"몰라요, 어어어… 흰색?"

알렉시스가 고개를 가로저었다.

"진담이냐? 좀 잘 생각해서 대답해 봐라! 여기 네 눈앞에 있는 이 난초가 부분적으로 흰색이잖아! 손녀야. 정답은 푸른색이야. 꽃가게에서 보는 푸른 난초는 인공적으로 물들인 거야."

할아버지가 가까이 다가왔다.

"하지만 나는 진짜 푸른색 난초를 어디 가면 찾을 수 있는지 아는 세상에 몇 안 되는 사람 중 하나란다!"

할아버지는 몸을 숙이고 알렉시스의 귀 주위에 손바닥을 대고 속삭였다.

"푸른 난초는 말이야…"

알렉시스는 몸을 움츠렸다.

'아이고, 재미없는 농담 경보!'

할아버지는 말을 멈추고 양쪽 어깨 너머를 두리번거린 뒤에 말을 이었다.

"무지개 너머에 있지!"

알렉시스는 입 위에 손을 대고 하품하는 척했다.

잠시 후에 두 사람은 색다른 나뭇잎으로 감싸여 특이해 보이는 나무를 지나치게 되었다.

"여어 봐라."

할아버지가 말했다.

"바로 이 나무에서 네 할머니가 복숭아뿐만이 아니고…"

할아버지는 몸을 돌려 알렉시스를 가리켰다.

"승도복숭아와 자두도 따서 그 유명한 할머니표 과일케이크를 만든단다!"

"아아아 그만해요, 할아버지! 재미없는 농담은 1분에 한 개가 한계라고요!"

할아버지는 알렉시스를 장난스럽게 팔꿈치로 찔렀다.

"내 말을 안 믿는다고? 지난주에 내가 구름에 눈물 씨앗을 심으면 울게 할 수 있다고 했을 때처럼?"

그리고 한 박자도 놓치지 않고 말을 이었다.

"그건 접붙이기라는 아주 마술적이고도 과학적인 방법이야. 내가 승도복숭아와 자두나무에서 봉오리를 따 이 복숭아나무 줄기에 붙였더니, 짜잔! 한 그루에 나무 세 개가 자랐어! 이 봐라, 할머니의 과일케이크가 말 그대로 한 나무에서 자라고 있어!"

'할머니.'

알렉시스는 자신에게 웃음 짓는 할아버지를 보면서 혼자서 생각했다.

'할머니는 할아버지하고 너어어어어무 달라.'

할머니는 조용하고 엄격하고 약간 교장 선생님 같아서, 언제나 흥겹고 절대로 진지하지 않고 늘 농담을 하는 할아버지하고는 완전히 반대였다. 할머니는 카페를 운영하느라 항상 바빠서 새벽 동틀 때 나갔다가 알렉시스와 할아버지가 저녁 산책을 마치고 집에 온 뒤에야 돌아왔다. 그리고 할머니가 퇴근해서 가장 먼저 하는 일은 알렉시스를 단호하게 침대로 데려가는 것이었다. 그러면 할아버지는 손전등으로 무장하고 알렉시스의 방에 들어와 어둠 속에서 그림자 연극을 보여 주곤 했다.

솔직히 말하면 알렉시스는 할머니가 약간 무서워서 언제나 예의 바르게 거리를 두었다.

할아버지는 오늘도 거르지 않고 할머니의 '한 그루에 세 나무'에서 죽은 가지와 잎사귀를 정리하고 있었다.

"어… 할아버지?"

"응, 새싹아?"

할아버지가 손을 털고 돌아서 손녀를 정면으로 바라보았다. 알렉시스는 괜히 제자리걸음을 했다.

"할아버지는 할머니하고… 어…어떻게 만났어요?"

할아버지의 눈이 반짝 빛났다.

"아하, 그 얘기를 해 줘야겠구나!"

할아버지는 헛기침을 하고 이야기를 시작했다.

"옛날 옛적에 머나먼 나라가 있었는데 그곳에서는 마술이 평범한 일상이었어. 그곳에 아름다운 공주님이 살았단다."

알렉시스는 숨을 한껏 들이켜고 팔짱을 낀 뒤에 한숨을 내쉬었다.

"다른 나라의 지루한 공주님들은 말 그대로 하루 종일 매력적인 왕자님이 나타나서 자신에게 홀딱 반해 키스를 해 주기만 꿈꾸며 지냈지. 하지만 이 공주님이 제일 좋아하는 건 숲속을 돌아다니며 모험을 찾거나, 아니면 동물들을 구조하거나 먹이를 주는 일이었어."

여전히 할아버지에게서는 단순하고 현실적인 대답을 바랄 수 없었다.

"불행히도 공주님의 아버지는 옛날이야기에 나오는 구닥다리 타입의 왕이었어. 그리고 이 왕은 자기 딸이 벌써 결혼할 나이가 꽉 찼는데 자리 잡을 생각을 전혀 안 해서 아주 골머리를 앓고 있었지. 결혼하고 안정을 찾는 건 존경할 만한 귀한 집 여성이 반드시 해야 하는 일인데, 미래의 왕비라면 더욱 말할 나위 없지 않겠니? 하지만 공주님은 화난 아빠가 수십 번이나 잔소리를 하면 하품을 하고는 이렇게 대답했단다. '너어어어어무 지루해요!'"

"맞아요, 너어어어무 지루하다고요!"

알렉시스가 장난스럽게 놀렸다. 그러나 할아버지는 아랑곳하지 않았다. 이야기꾼 모드가 풀가동 중이었다.

"어느 날 왕이 더 이상은 안 되겠다고 결정했단다. 왕은 공주님에게 이렇게 말했지. '내가 늙어서 이 무거운 왕관을 더는 쓸 수 없을 때를 대비해 이 왕좌에 새로운 왕을 앉혀야겠다. 다음번 보름달이 뜰 때까지 남편감을 찾아오지 않으면 너의 아버지이자 왕인 내가 네 남편을 골라 주겠다.'"

'생판 모르는 사람하고 결혼하라고?'

알렉시스의 눈이 커졌다.

"으으으! 싫어요!"

"공주님은 달리 방법이 없게 돼서 어쩔 수 없이 아버지의 말을 따랐지만 두 가지 조건을 걸었어.

'첫 번째, 내가 직접 설계한 대회를 열어서 내 미래의 남편 감을 고르겠어요.'

공주님은 자기 자신을 가리켰지.

'두 번째, 이 대회는 우리 왕국의 모든 젊은 남성에게 열려 있어야 해요. 부유한 왕족에게나 가난한 농민에게나.'"

알렉시스는 고개를 갸웃했다.

"무슨 대회인데요?"

"왕도 바로 그 점이 궁금했지! '그래서 대체 무슨 대회냐?' 왕이 미심쩍게 물었어. '승리자, 그러니까 우리의 미래 왕을 어떻게 찾겠다는 거냐?'

'저에게 가장 귀중한 선물을 주는 사람이 이기는 거예요.' 공주가 대답했어."

알렉시스가 한 발을 굴렀다.

"할아버지! 그건 불공평해요! 부자만 유리하잖아요!"

할아버지는 심각한 표정으로 고개를 끄덕이고 한쪽 눈을

찡긋했다.

"왕도 바로 그렇게 생각했어! 왕은 북슬북슬한 턱수염을 쓰다듬으며 생각했지. '분명히 엄청나게 부자에다 신분이 높은 사람만이 아주 귀중한 보물을 선물할 수 있겠지?' 마침내 왕은 자기 딸을 결혼시킬 수 있게 됐는데 그것도 지위가 높은 사람과 시키게 된 거야! 그래서 왕은 동의했어!"

"그런데 할아버지, 그래서 이 이야기가 할아버지랑 할머니하고 무슨 상관이라는 건지 저는 아직도 모르겠는데요."

"기다려 봐라, 새싹아! 그래서 어디까지 했더라? 아, 그렇지. 대회 날이 마침내 다가왔어. 가깝고 먼 모든 나라의 왕자와 상인들이 몰려와서 왕은 기뻐했지. 어떤 사람들은 아주 섬세한 보석을 가져왔어. 어떤 사람들은 화려한 금을 가져왔지. 또 어떤 사람들은 희귀한 누에 끈과 바쿠 털로 지은 아주 고급스러운 드레스를 선물했어. 아, 바쿠가 뭔지 잊어버리지는 않았겠지, 새싹아?"

"물론이죠, 꿈 먹는 동물이잖아요!"

바쿠는 코끼리처럼 코가 길고 상아가 튀어나와 있었으나 몸 아래쪽은 호랑이였다. 언젠가 알렉시스가 어둠 속에서 울면서 잠이 깼을 때 할아버지가 옆에 앉아서 속삭여 주었다.

"악몽을 꾸면 '바쿠 바쿠, 와서 내 꿈을 먹어라!' 이렇게 세

번 말해. 그럼 펑! 하고 다시 아기처럼 색색 잠들 수 있단다."

할아버지가 말을 이었다.

"희망에 찬 구혼자들이 보물을 가지고 하나씩 하나씩 다가왔지. 그러나 공주님은 하나씩 하나씩 다 거절했단다. 심지어 어마어마한 부자에다 귀족(이지만 냄새가 아주 심한)이고 대낮에 그림자들이 춤추게 할 수도 있는 강력한(하지만 명백히 소름 끼치는) 왕자님인 난쟁이마저도 거절했어!"

'진짜 어이없다!'

알렉시스는 할머니가 냄새나는 난쟁이와 결혼하는 상상을 하며 킬킬 웃었다.

"'아뇨, 아뇨! 아니야, 절대! 아니라고! 우웩! 끔찍해.' 신랑감이 되고 싶은 사람이 다가올 때마다 공주님은 이렇게 말하며 고개를 젓고 가느다란 코를 치켜들었어. '이건 정말 말도 안 된다!' 왕이 보다 못해 화가 치밀어서 외쳤지. 그리고 이 대회 자체를 취소시켜 버리려고 하는데 바로 그때 평범한, 그렇지만 여기서 꼭 말해 둬야겠는데 상당히 잘생긴 인간 청년이 나타난 거야."

할아버지는 보란 듯이 손가락으로 자기 머리카락을 쓸어 넘겼다. 한 손, 그리고 다른 한 손.

"농부겠지, 아마도. 혹은 심지어, 식물학자였을지도 몰라."

"어머나. 그 잘생긴 청년이 도대체 누구인지 너무 궁금하네
요…."

알렉시스가 모르는 척하는 할아버지를 향해 눈을 찡긋하
며 큰 소리로 말했다.

"'죄송합니다만, 폐하들.' 잘생긴 식물학자가 말했어. '이제
제 차례인 것 같은데요.' 공주님이 우아하게 손을 저어 화내
려고 입을 여는 아버지를 막았어. '저에게 어떤 귀중한 선물
을 가져오셨나요, 선생님?' 공주님이 조금 즐거워하며 물었어.
청년은 몸을 떨며 말했지. '아름다우신 공주님, 저는 돈도 가
진 것도 별로 없습니다. 그래서 보석도 금도 가져오지 못했습
니다. 여기 바치는 이것이 제가 가진 전부입니다.'"

"아, 저 알아요! 제가, 제가 맞혀 볼게요!"

알렉시스가 열의에 차서 손을 들어 공중에 흔들었다.

"서로 다른 세 가지 무지개색 과일이 열리고 꼭대기에는 푸
른 난꽃이 핀 나무죠!"

할아버지는 킬킬 웃고는 고개를 저으며 이렇게 말했다.

"'공주님께 드릴 것은 제가 가진… 이야기들뿐입니다.'"

"아니, 그게 다예요?"

알레시스가 말했다.

"'호위병! 이 사기꾼을 체포해라!' 왕이 소리쳤어.

공주님은 한 손을 들어올리며 다가오는 병사들을 막았어.

'잠깐! 이건 내 대회예요. 이야기꾼을 심사할 권리는 다름 아닌 나에게 있습니다.'

공주님은 청년을 향해 몸을 숙였어.

'그러면 신화와 공상이 대체 무슨 소용이 있지요, 선생님? 고기나 쟁기와는 달리 이야기는 먹을 수도 없고 끌 수도 없는데요!'

'아, 공주님, 하지만 이야기는 꿈을 키우는 밭이며, 꿈이야 말로 희망이 머무르는 봉오리이지요.'

청년이 말을 이었어.

'그리고 희망이야말로 세상에서 가장 귀중한 선물 중 하나랍니다, 공주님.'

공주님의 장밋빛 입술이 위쪽으로 움직여 아주 희미하게 미소를 지었지.

'진실로 그러하다면, 선생님, 저는 선생님과 함께 그 꽃을 심을 날을 기다리겠어요.'"

알렉시스는 박수를 쳤다. 할아버지는 고개를 저으며 손녀를 바라보았다.

"말할 필요도 없이, 왕실 자문 위원회는 평민이 감히 왕좌에 올라 앉겠다는 생각에 입맛이 아주 썼지. 그래서 공주와 공주가 선택한 청년은 둘이 함께 왕국에서 쫓겨났어. 그리하여 오늘날까지도 사랑하는 두 사람은 소박한 마을에서 오래오래 행복하게 살면서 아름다운 손녀를 만날 날을 기다리고 있단다!"

알렉시스는 얼굴을 찡그리고 혀를 메롱 내밀었다. 바로 그 순간 알렉시스의 마음속 톱니바퀴가 위잉 하고 돌아가기 시작했다.

'아니 자아아아암깐만.'

알렉시스는 눈썹을 찡그렸다.

"할아버지, 이야기 속의 공주님은 가장 귀중한 선물을 원했잖아요. 그런데 그 농부 청년은 희망이 세상에서 가장 귀중한 선물 중 하나라고 했고요."

할아버지가 눈을 깜빡였다.

"이야, 새싹, 너 정말로 열심히 듣고 있었구나, 응? 게다가 우리 손녀가 아주 날카로워!"

할아버지는 자신의 머리를 손으로 토닥토닥 두드리고는 갑자기 흠칫하며 손을 내렸다.

"아야! 진짜 정말 날카롭구나!"

"으이익! 재미없어요, 할아버지!"

알렉시스는 이마 앞에 손가락으로 X자를 만들었다.

"이만큼 재미없어요!"

그리고 알렉시스는 계속 캐물었다.

"그래서 희망이 가장 귀한 선물이 아니면 또 뭐가 있어요?"

"음, 내가 듣기로는 세 가지가 있단다. 희망이 그중 하나이고."

"그럼 나머지 두 개는 뭐예요?"

할아버지의 눈이 반짝였다.

"음, 그건 또 다른 얘기니까 나중에 들려줄게. 아니면 할머니한테 직접 가서 여쭤 보는 건 어떠냐? 선물을 세 개 중에 하나밖에 못 받았는데도 왜 나하고 결혼하기로 결심했는지도 여쭤 볼 수 있겠네!"

할아버지는 킥킥 웃었다. 알렉시스는 팔짱을 끼고 코를 킁킁거렸다.

"할아버지!"

알렉시스가 분노에 차서 발을 구르며 항의했다.

"예쁜 이야기도 좋지만 저는 할아버지하고 할머니가 어떻게 만났는지 여쭤 봤다고요! 그니까 진짜로, 진짜 현실 삶에서요. 지어낸 이야기가 아니고요!"

할아버지가 다시 킥킥 웃었다.

"새싹, 내가 항상 말하지만 그냥 믿으면 된단다. 믿음을 가져, 그러면 모든 것이 진짜가 돼!"

할아버지는 손녀의 머리카락을 마구 쓰다듬었다.

"생각해 봐라, 꿈이란 앞으로 만들어지기를 기다리는 기억 아니겠니?"

할아버지는 알렉시스의 머리카락에서 보이지 않는 깃털을 뽑아내어 자기 혀에 살짝 가져다 댔다.

"먹물이 종이 위로 흘러 단어로 엮이기를 기다리는 것처럼."

할아버지는 상상 속의 펜을 알렉시스의 얼굴 앞에서 S자로 휘둘렀다.

"기억이 우리의 현재를 만들고 꿈이 우리의 미래를 만든단다. 그러니까…."

할아버지가 휘두르는 S자의 고리가 점점 더 커졌다.

"언제나…."

더 커졌고….

"기억해라…."

그리고 그 고리는 알렉시스의 코앞에서 웅장하게 멈추었다.

"큰 꿈을 가져!"

할아버지는 알렉시스를 양팔로 품속 깊이 꼭 끌어안았다.

"그리고 그 난쟁이 왕자한테서는 지금 내 겨드랑이 같은 냄새가 났어!"

할아버지의 웃음소리는 알렉시스의 비명 소리를 뒤덮고 숲에 울려 퍼졌다.

2. 흩어짐

알렉시스는 할아버지의 간지럼에서 벗어나 숨을 돌리고 나서 양손을 둥글게 모으고 입김을 불어 손을 녹였다. 해는 지평선 아래로 절반쯤 졌고 그와 함께 기온도 떨어졌다.

할아버지가 몸을 숙여 알렉시스의 보라색 패딩 지퍼를 쭉 올려 알렉시스의 코 위까지 단단히 여민 뒤, 추위에 분홍색이 된 알렉시스의 귀 위로 패딩 모자를 당겨 덮고, 푹신푹신한 모자에 뒤덮인 알렉시스의 머리를 부드럽게 토닥였다.

"쌀쌀해지는구나. 목을 따뜻하게 해야 한다, 새싹."

할아버지도 양손을 비볐다.

"부르르! 손가락에 감각이 없어!"

할아버지는 녹색 바람막이의 주머니 속에 재빨리 손을 묻었다.

"잠깐, 이게 뭐지?"

할아버지의 오른손이 다시 튀어나왔고 그 손바닥에는 빨갛고 둥근 물건이 들려 있었다.

"아이고, 내가 까먹었구나. 간식을 가져왔는데!"

사과였다. 할아버지는 사과를 갈색 코듀로이 바지에 문질러 광을 냈다. 갑자기 할아버지의 눈이 커졌다.

"아하! 새싹아, 너 이 사과에 들어 있는 씨앗을 다 셀 수 있을 것 같냐?"

알렉시스는 어리둥절해서 할아버지를 쳐다보았다.

"어, 당연하죠. 할아버지."

"그래? 아주 자신만만하구나. 그러면 하나의 씨앗 안에 들어 있는 사과의 숫자는 어떠냐? 그것도 셀 수 있을 것 같냐?"

"어…."

어안이 벙벙하여 어쩔 줄 모르는 알렉시스의 얼굴을 보고 할아버지가 자세히 설명했다.

"씨앗 속에는 아직 태어나지 않은 나무가 들어 있지. 그 나무는 새싹을 틔우고 더 많은 사과를 열리게 하고 그 안에 또 더 많은 씨앗을 품어 내고… 그리고 또 그 씨앗이 나무를 키우고 나무가 씨앗을 키우고 그렇게 이어지는 거야."

할아버지는 사과를 알렉시스의 손바닥에 쥐여 주었다.

"자, 이 평범한 씨앗 안에 들어 있는 미래의 모든 사과들을 상상해 보렴. 정말 엄청나지 않냐? 굉장하지, 어때? 너나 네 친구들이 하는 말로, 꽤 쿨하지?"

알렉시스는 땅바닥을 바라보았다.

"저기, 저는요, 사실 별로 친구가 없어요…. 할아버지."

"그렇지 않아. 너한텐 할머니도 있고 나도 있어. 그리고 나는 쿨해. 할머니도 괜찮은 사람이야."

알렉시스의 입술에 다시 살그머니 미소가 떠올랐다.

"그런데 새싹, 너 캄보디아에 대해서 뭣 좀 읽어 봤냐? 거기 가면 어디에 가 보고 싶어? 재미있는 크메르 옛날이야기 좀 찾아냈니?"

"몇 개 정도…."

알렉시스의 고개가 다시 아래로 떨어졌고 입술에서 미소가 사라졌다. 알렉시스는 길게 한숨을 쉬었다.

"저는 그냥… 지겨워요. 새로 이사 갈 곳에 대해서 알아보고, 새로 친구들을 만나고, 새 친구들 이름을 외우고, 그래 봤자 무슨 소용이에요? 어차피 떠나고 나면 저도 그 애들을 잊어버리고 그 애들도 저를 잊어버리고 금방 다 그렇게 될 텐데요 뭐."

할아버지는 알렉시스가 아빠가 계속 직장을 바꾸고 가족 전체를 여기저기 끌고 이사 다니는 게 얼마나 지겨운지 늘어놓는 동안 가만히 귀를 기울였다. 어디를 가도 서먹서먹한 느낌에 대해서 알렉시스가 불평하자 할아버지는 고개를 끄덕였다. 더 이상 친구를 사귀려는 노력도 하지 않게 되었다고 알렉시스가 고백하자 할아버지의 눈에 눈물이 고였다.

속마음을 털어놓을 수도 있을 뿐 아니라 그렇게 털어놓으면 귀담아 들어 주는 사람이 있다는 건 기분 좋은 일이었다.

할아버지는 이야기하는 걸 굉장히 좋아했지만 알렉시스는 할아버지가 귀 기울여 들어 주는 것을 좋아했다.

'할아버지가 여러 가지 이야기를 엄청 많이 아시는 건 그래서일지도 몰라. 사람들이 말하는 걸 할아버지가 모아서 주머니에 담아 가지고 다니는 거야.'

알렉시스는 할아버지를 따라서 야트막한 경사로를 올라가며 사과를 베어 먹었다. 사과를 씹다가 알렉시스는 사과 씨 옆에 이상한 갈색 얼룩이 있는 것을 보았다.

'썩은 건가?'

그때 그 얼룩이 움직였다.

알렉시스는 입안에 든 것을 뱉고, 들고 있던 사과를 땅에 떨어뜨렸다.

"으웨에엑! 안에 벌레 있어요!"

알렉시스는 헛구역질을 하면서 억지로 토하려고 했다.

"과일에 살충제를 쓰지 않았는지 알아보는 제일 좋은 방법 이지!"

할아버지가 무릎을 땅에 대고 사과를 주웠다. 알렉시스는 역겨워서 몸을 움츠리며 물러섰다.

"아니, 아니, 착하게 굴어라, 아가야. 가장 작은 존재를 대하는 태도에서 우리의 제일 좋은 모습과 제일 나쁜 모습이 나타나거든."

할아버지는 사과 속에 사는 다리가 여러 개 달린 존재를 관찰하고는 손녀에게 눈을 찡긋했다.

"그리고 가끔은 그게 우리의 제일 좋은 모습 그 자체이기도 하지."

할아버지는 몸을 일으켜 사과를 들지 않은 손으로 바지 무릎에 묻은 흙을 털어 냈다.

"작은 것들의 힘을 믿지 않니? 세상 모든 사과들이 우주가 시작됐을 때부터 하나의 씨앗에서 태어났다는 걸 생각해 봐라. 아니면 하나의 조그만 성냥개비가 백만 그루의 나무들을 태울 힘을 가지고 있다는 것도."

할아버지는 말을 멈추었다.

"아니면 어두운 방 안에 모기 한 마리와 함께 있다고 생각해 봐!"

알렉시스는 신음했다.

"으으으, 할아버지. 이 지렁이의 밝은 미래가 너무나 멋지네요. 얘는 자라서 엄청 커다란 **해충**이 될 거라고요! 저리 가, 지렁이야!"

"사실 얘는 지렁이가 아니야. 첫째로, 다리가 달렸거든."

"와, 신난다. 그럼 벌레네요! 정말 멋져요! 안 그래도 저 방금 벌레한테 물렸는데…."

"흠, 사실은 벌레도 아니야. 그렇게 따지면 모기도 아니고…."

알렉시스가 한숨을 쉬었다. 할아버지의 미소가 더 다정하게 커졌다.

"이렇게 하자. 얘가 명절 연휴 동안 네 반려동물이 되는 거야. 얘를 안전하고 따뜻하게 해 주고 집에 데려가자. 어떤 종류의 곤충인지는 내가 미리 말하지 않으마. 조만간 네가 직접 보게 될 거야."

알렉시스는 얼굴을 찡그렸다.

"으으으, 감사한 말씀이지만 싫어요!"

"겨울이 오고 있어. 애를 여기 버려두면 안 돼. 얼어 죽거나 굶어 죽을 거야. 걱정하지 마라, 새싹. 내가 우선 돌볼 테니까. 지내다 보면 너도 분명히 정들 거다."

"웩, 지렁이든 지렁이가 아니든 정들기 싫어요!"

할아버지는 킥킥 웃고는 바지 주머니를 뒤졌다. 그리고 조그만 금속제 로스만 담뱃갑을 꺼냈다.

할아버지는 언제나 산책할 때 그 담뱃갑을 가지고 와서 숲길에서 발견한 흥미로운 씨앗들을 모아다가 온실에서 키웠다. 뚜껑에는 바늘구멍이 있어서 구멍 뚫린 곳으로 공기가 통했다. 할아버지는 주머니칼을 꺼내서 곤충 주위의 사과를 잘라내어 담뱃갑에 넣었다.

"사과를 자기 집으로 삼기는 했지만 애는 사실 육식성이거든? 우리 아로와나 물고기가 먹는 것과 똑같이 말린 먼지벌레 유충을 먹이면 될 거야."

"할아버지 말씀이 맞네요. 시간이 갈수록 너무너무 귀여워지고 있어요!"

알렉시스가 코웃음을 쳤다.

"자 그럼 할아버지, 할아버지가 애를 그렇게 좋아하시니 말이죠. 할아버지 이름을 따서 애 이름을 짓겠어요! 할아버지

머리글자대로 얘를 KC라고 할래요!"

할아버지는 킥킥 웃고는 KC가 담긴 담뱃갑을 코트 주머니에 포근하게 집어넣었다.

둘은 다시 걷기 시작했고 할아버지도 다시 이야기를 하기 시작했는데 그것은 바로 ―그럴 줄 알았지만― 곤충에 관한 이야기였다. 그러다가 둘은 강어귀 가까이에 도달했고 거기까지 닿았으면 이제 발길을 돌려 집으로 가야 했다.

강어귀에 다가가다가 알렉시스는 기묘하게 등줄기에 소름이 끼치면서 목 뒤의 털이 곤두서는 것을 느꼈다. 따뜻한 패딩으로 온몸을 푹 감싸고 있는데도 말이다.

'아프면 안 되는데.'

알렉시스는 혼자서 생각했다.

'그러면 명절이고 연휴고 끝이야!'

할아버지와 알렉시스는 방향을 돌렸고 곧 담요처럼 두꺼운 청회색 안개에 완전히 감싸였다. 안개는 갑자기 나타났다. 조용히, 아무도 모르게 살금살금, 살금살금, 두 사람 뒤에서부터 두 사람 주위로 기어 온 것 같았다.

'얼룩이리 떼 같네.'

알렉시스가 생각했다.

'그러면 우리는 먹이인가?'

또다시 등줄기에 아까와 똑같이 소름이 끼쳤다. 알렉시스는 몸을 떨었다.

"빨리 집에 가자."

할아버지가 알렉시스의 손을 꼭 잡으며 말하고는 알렉시스를 앞세워 걸음을 재촉했다.

"왜요?"

불안한 예감이 알렉시스의 배 속 깊은 곳에 모여들어 점점 쌓이기 시작했다.

"안개 속에서 길을 잃을 수도 있어."

할아버지의 눈썹은 찌푸려져 있었고 입술도 꽉 깨물고 있었다.

'하지만 매일 집에 가는 그냥 그 길인데! 할아버지는 눈을 가려도 찾아갈 수 있을 텐데!'

그러나 어쩐지, 설명할 수는 없지만, 그 길은 달라져 있었다. 안개와 고사리 덤불 속에서 두 사람이 서둘러 걸음을 재촉하는 동안 숲은 전혀 다르게 느껴졌다. 마치 폭포처럼 흘러내린 안개의 무거운 회색 커튼에 길을 비켜 주느라 오솔길과 나무들마저 서둘러 이리저리 자리를 바꾼 것만 같았다.

"으아아, 천천히 가요, 할아버지!"

알렉시스는 헐떡거리며 할아버지와 걸음을 맞추기 위해서

뛰기 시작했다. 갑자기 알렉시스의 오른발 아래에서 커다랗게 따악, 부러지는 소리가 들렸다. 알렉시스는 발이 걸려 넘어지면서 할아버지를 붙잡으려다 같이 균형을 잃었다. 그리고 뭐든, 아무거나, 붙잡을 걸 찾으려고 미친 듯이 손을 저었다.

하지만 불행히도! 없다.

알렉시스의 몸 전체가 딱딱한 표면에 온 힘으로 부딪쳤다. 충격에 알렉시스는 숨을 쉴 수 없었다.

"으어어헉!"

이어서 표면이 쭉 움직이면서 앞으로 미끄러져서 알렉시스는 따라서 미끄러져 내려갔다.

커다랗게 쾅, 하는 소리.

계속 이어서 딱딱 부러지고 쾅쾅 부딪치는 무서운 소리들.

그리고 꿰뚫는 듯 새된 '아우우우우!' 소리가 어딘지 모를 곳에서 갑자기 울렸다.

바로 다음 순간 할아버지가 뒤에서 미끄러져 알렉시스에게 부딪쳤고, 둘은 부러진 나뭇가지 무더기처럼 느껴지는 곳에 푹 처박혔다.

그 순간 알렉시스가 느낄 수 있었던 것은 아픔과 분노가 혼합된 감정이었다. 대체로 분노였다.

옆에서 할아버지가 약하게 신음하더니 알렉시스를 찾아 주위를 더듬거렸다. 할아버지의 손이 알렉시스의 팔에 닿았다.

"괜찮니, 새싹? 다쳤어?"

알렉시스는 할아버지의 손을 밀쳐 냈다.

"으으으, 할아버지! 봐요! 천천히 가시라고 제가 그랬잖아요!"

여전히 여기저기 아프고 화가 나 씩씩대면서 알렉시스는 정신을 차리고 균형을 찾아 다시 일어서려고 했는데, 그 순간 마른 낙엽을 밟으며 다가오는 조그만 발소리가 들렸다.

알렉시스는 서둘러 일어나 발자국 소리가 나는 쪽으로 눈을 가늘게 뜨고 어둠 속을 엿보려고 애썼다.

영원처럼 느껴지던 그 1분 동안 알렉시스의 심장은 미친 듯이 쿵쿵 뛰었다.

"거기… 거기 누구예요?"

알렉시스가 불렀다.

두 사람 앞에 조그만 형체가 나타났다. 얼굴이 서서히 보이기 시작했고 알렉시스는 헉, 하고 놀랐다.

그 형체는 알렉시스가 이전에 한 번도 본 적이 없는 존재였다. 최소한 현실에서는 본 적이 없었다.

모습은 남자아이 같았지만 분명히 남자아이는 아니었다. 키가 한참 작았을 뿐만 아니라 ―대충 알렉시스의 허리 정도까지 왔다— 귀가 길고 끝이 뾰족했다. 더 자세히 들여다보니 실제로 나이가 꽤 들어 보인다고 알렉시스는 생각했다. 조그 맣고 나이가 좀 들고 약간 남자아이 같은 비인간 존재는 지 저분하고 오래된 기다란 면 셔츠를 입고 있었는데, 여기에 비 하면 할머니의 부엌 행주가 훨씬 예뻐 보였다.

'흠, 어디서 본 것 같은데.'

알렉시스는 열심히 생각했다.

'아 맞다! 지난주에 자기 전에 읽은 이야기책이야! 뭐였더 라?'

그리고 알렉시스는 번뜩 깨달았다.

'아하! 숲속 꼬마 도깨비다. 아… 어… 케니트!'

그러다 알렉시스는 문득 멈췄다.

'잠깐. 내가 머리를 너무 세게 부딪쳤나? 아니면 기절해서 아직 안 깨어난 건가? 왜 눈앞에 케니트가 보이지?'

게다가 이 케니트는 화가 잔뜩 나 있었다.

"너희 둘 중에 누가 내 집을 부쉈어?"

'집? 우린 숲 한가운데 있잖아!'

그러다 알렉시스는 부딪쳐서 나뭇조각 부러지는 소리가 계 속 났던 것을 떠올렸다. 심장이 덜컹 내려앉았다.

'이런 젠장. 그러네. 난 끝장이다.'

알렉시스가 막 입을 열려는 순간 할아버지가 팔로 알렉시스를 가로막고 일어서서 눈살을 잔뜩 찌푸린 채 앞을 보려 애썼다. 할아버지는 나이가 들면서 밤에 앞이 잘 보이지 않게 되었다.

할아버지는 목소리가 들려오는 쪽을 향해 서서 말했다.

"내가 부쉈소, 정말로 미안⋯."

"이 커다란 거인 바보! 이 멍청이!"

케니트가 할아버지를 향해 팔을 마구 휘두르며 고함쳤다.

"네가 내 집을 부쉈다!"

케니트가 나뭇조각 더미 쪽으로 사납게 손짓을 했다.

"그리고 내 뼈도 부술 뻔했어!"

"저기, 정말로⋯ 정말 미안합니다."

할아버지가 몸을 움츠리며 뒤로 물러섰고 그러면서 알렉시스를 더욱 뒤쪽으로 밀어 냈다. 할아버지는 어둠 속에서 조금이라도 앞을 보려고 눈을 더욱 가늘게 떴다.

"실수였어요. 안개 속에서 앞이 보이지 않아서, 그래서⋯."

"상관없어!"

케니트가 할아버지의 말을 중간에 가로막으며 흙에다 한 발을 굴렀다.

"이 멍청한, 멍청한 바보."

케니트가 씩씩거렸다.

"네가 내 집을 부쉈으니 내가 너의 뇌를 부숴 주겠다!"

그 말과 함께 희미한 보라색의 반짝이는 안개가 케니트의 주름진 양손에서 뿜어져 나왔다.

알렉시스는 어리둥절한 채 앞에서 벌어지는 사건을 슬로우 모션처럼 느끼며 보고 있을 수밖에 없었다. 케니트는 녹슨 손잡이가 달린 오래된 프로젝터를 돌려 무시무시한 슬라이드 쇼를 펼치는 것만 같았다.

킹코브라가 사람을 홀리는, 넋을 빼는 춤을 추듯이, 반짝이는 안개가 빙빙 돌며 천천히 위로 올라갔다.

보라색 증기가 케니트의 머리를 지나 위로 올라갈 때 알렉시스는 케니트의 눈이 이상하게 번쩍이는 걸 분명히 보았다고 생각했다. 마치 케니트 스스로도 그 안개에 놀란 것처럼, 혹은 안개를 무서워하는 것처럼 말이다.

춤추는 보라색 구름 덩어리가 둘둘 말려 잠시 멈추더니 마치 앞으로 어떻게 할지 생각하는 것 같았다.

그러더니 그냥 주저앉았다.

그리고 기다렸다.

그러더니 갑자기, 아무런 예고 없이 안개가 앞으로 쓱 달려 나갔다.

마치 번개처럼… 할아버지의 머릿속으로!

알렉시스는 심장이 몸 밖으로 튀어나오는 것 같았다.

불쌍한 할아버지는 뒤쪽으로 날아가 빽빽한 덤불 속에 머리부터 떨어졌다.

…목에 걸려서 말이 나오지 않았다.

마침내 목에 걸렸던 단어가 입 밖으로, 한 글자씩 튀어나왔다.

"할아버지!"

케니트는 입을 쩍 벌린 채 그대로 몇 초 동안 서 있었다.

알렉시스도 마찬가지였다.

"할아버지!"

알렉시스가 비명을 질렀다. 그 덕분에 충격이 가셨다. 알렉시스는 달려가서 할아버지를 덤불 속에서 끌어내려고 온 힘을 다해 잡아당겼다.

케니트가 몸을 떨더니 멍한 상태에서 벗어났다.

"파하! 쌤통이다!"

케니트는 마지막으로 "흥!" 하고 코웃음을 치고는 발을 구르며 어둠 속의 숲으로 달려가 사라져 버렸다.

"어어…"

할아버지가 신음하더니 숲의 땅바닥에 다시 주저앉았다.

'케니트가 무슨 짓을 한 거야? 할아버지 뇌를 태웠나?'

"할아버지, 일어나요!"

알렉시스가 소리쳤다.

"제발… 제발요."

'할아버지, 죽는 건가?'

가슴이 답답해졌고, 눈물이 볼을 타고 흘러내리면서 심장도 함께 천천히 내려앉았다. 그리고 눈물이 터져 방울은 홍수가 되었다.

알렉시스는 숨이 막혀 콜록거렸다.

'닥쳐. 그만해. 아기처럼 굴지 마.'

훌쩍거리고 쿨럭거리면서 알렉시스는 서둘러 눈물을 닦아냈다.

'할아버지한텐 내가 필요해.'

알렉시스는 자기 자신을 꾸짖었다.

'울고 있을 시간 없어.'

부스럭거리는 소리가 들렸다.

알렉시스 뒤에 있는 덤불, 케니트가 사라진 쪽이다.

알렉시스는 벌떡 일어섰다.

'오지 마! 한 걸음도 다가오지 마!'

알렉시스는 무기로 쓸 만한 물건을 찾아 주위를 미친 듯이 둘러보았다. 막대기라든가. 아무거나.

'나… 나… 무장했다, 경고한다!'

부스럭거리는 소리가 멈추었다. 그게 무엇이든 생각을 바꾼 모양이었다.

바로 그 순간 반짝이는 불빛이 알렉시스의 눈가에 잡혔다. 알렉시스는 고개를 돌리고 눈을 가늘게 떴다.

저거다! 숲속이다. 멀다. 그러나 불빛은 점점 가까이 다가오고 있었다.

'손전등이다! 저기 사람이 있어!'

"사아아아아람 살려어어어! 살려 주세요!"

알렉시스가 온 힘을 다해 소리쳤다.

3. 요정 공주님

　손전등을 든 사람이 가까워졌을 때 알렉시스는 너무 안심해서 땅에 무릎을 처박을 뻔했다. 알렉시스는 목이 터져라 소리쳤다.

　"할머니!"

　알렉시스는 다시 눈물을 쏟으며 말로 할 수 없을 만큼 감사한 마음으로 달려가 할머니를 꼭 껴안았다. 알렉시스가 기억하기로 할머니를 껴안은 것은 아주 오랜만의 일이었다. 할머니는 조금 놀라서 어색하게 알렉시스의 등을 쓰다듬으며 물었다.

　"왜 그러니, 알렉시스? 시간이 너무 늦었다. 내가 찾으러 왔잖니. 할아버지 어디 계셔?"

"케니트…."

알렉시스는 서둘러 말을 멈추었다.

'뭘 하는 거지? 할머니는 내가 미쳤다고 생각하실 거야!'

"할아버지… 어… 할아버지가 넘어지셨어요."

견디기 힘든 침묵이 흘렀다.

알렉시스는 고개를 숙였고, 양손을 떨기 시작했다.

다행히도 할머니는 그냥 짧게 "가 보자."라고만 하셨다.

부서진 도깨비집 파편과 덤불 속에 웅크리고 앉은 할아버지를 본 할머니는 헉, 하고 놀라며 곁으로 달려갔다.

할머니는 손전등을 땅에 내려놓고 한쪽 무릎을 땅에 대고 다른 무릎으로 할아버지를 받치면서 가까이 끌어당겼다. 그리고 할머니는 할아버지를 꼭 껴안은 채 그의 목에 얼굴을 파묻고 한참 동안 살살 좌우로 흔들며 앉아 있었다.

알렉시스는 어쩔 줄 몰랐다. 심지어 손을 어디다 둬야 할지, 그냥 팔을 축 늘어뜨리고 있을지, 등 뒤에서 뒷짐을 져야 할지도 알 수 없었다. 알렉시스는 아랫입술을 깨물었다.

갑자기 할아버지가 몸을 흔들었다. 그 모습을 보고 알렉시스는 다시 기운이 솟았다.

"어어어…."

할아버지는 똑바로 앉으려 했다.

"어어어…."

할아버지가 다시 신음했다.

"므…뭐… 어…어디…야 여긴?"

"할아버지!"

알렉시스가 외치며 달려가서 껴안았다.

"괜찮으신 거죠!"

할아버지는 뒤로 물러나며 의심스러운 눈으로 알렉시스를 노려보았다.

"느…너… 누…누구야?"

할아버지는 이상하게 말을 끌었고 입술이 오른쪽으로 일그러진 것 같았다.

'뭐지? 아직 어지러우신 건가?'

"저예요! 알렉시스!"

알렉시스는 간신히 떨리는 미소를 지었다.

"새싹이요…."

알렉시스의 목소리가 갈라졌다. 할아버지는 멍하니 쳐다보더니 고개를 저었다. 그리고 손가락을 들어 숲의 어떤 곳을 아무렇게나 가리켰다.

"그… 저… 브…배가… 오…오나? 나… 나… 바…방파제에서… 기다려…."

할아버지는 먼 곳을 보는 듯한 눈이 되었다.

'어? 무슨 말씀이야? 왜 이렇게 무섭게 들리지?'

뜻밖에, 그리고 아주 사납게 할아버지는 일어서려고 몸부림쳤다. 그러나 일어날 기운이 없다는 사실을 알고 할아버지는 알아들을 수 없는 말을 중얼거리며 다시 할머니의 무릎 위로 쓰러졌다. 할아버지는 기운이 쭉 빠진 듯 눈을 감고 다시 잠들 듯이 정신을 잃었다.

"자, 자, 진정해요, 여보."

할머니가 다정하게 달랬다.

"쉬어요…. 이제 괜찮아요…."

알렉시스는 숨을 쉴 수 없었다. 허파 속에 접착제가 가득 찬 것 같았다.

'할아버지 왜 저러시는 거야?'

알렉시스는 갑자기 할머니가 자신을 쳐다보고 있는 것을 깨달았다. 할머니는 흔들림 없이 아주 진지한 표정이었다.

"무슨 일인지 얘기해 봐라. 전부 다."

알렉시스의 심장이 굳어졌다.

'무슨 일인지.'

알렉시스는 다시 입술을 깨물고 양손으로 얼굴을 가렸다.

'아냐. 진짜로 무슨 일이 일어난 거지? 내가 생각하는 일이 정말로 일어난 건가?'

그러나 알렉시스가 아는 것은 그뿐이었다. 알렉시스는 깊은 숨을 들이쉬었다가 길고 고르게 내쉬었다. 그리고 마음속의 용기가 빠져나갈까 봐 중간에 멈추지 않고, 그 사이 무슨 일이 일어났는지 할 수 있는 한 자세하게 설명했다.

할머니는 내내 한마디도 하지 않았다. 알렉시스는 겁에 질렸다.

'할머니는 나 때문에 할아버지가 넘어지셨다고 생각하시는 거야. 내가 그걸 숨기려고 거짓말한다고 생각하시는 거야.'

손이 차가워졌다.

'마법을 쓰는 심술궂은 도깨비에 대한 미친 얘기를 누가 믿어 주겠어? 나도 아직까지 못 믿겠는데!'

할머니는 아무 말도 하지 않았다. 알렉시스는 잔소리를 듣거나, 혹은 더 혼날 마음의 준비를 했다.

할머니는 여전히 아무 말도 없었다.

영겁처럼 느껴지는 시간이 지난 뒤에 할머니가 한 말은 이것뿐이었다.

"할아버지를 집으로 모셔 가야겠다."

할머니는 다시 할아버지를 조심조심 땅에 눕혔다. 그러고는 옷매무새를 가다듬고 구겨진 바지 주름을 폈다.

"알렉시스, 할아버지하고 여기서 조금만 더 있어 줘야겠다."

"하지만…."

알렉시스가 입을 열었다.

"어쩔 수 없어. 우리 둘만의 힘으로 할아버지를 집까지 옮길 수가 없다. 집에 가서 손수레를 가져와야 해."

할머니는 손전등을 손녀에게 건네주었다.

"자, 이거 가지고 있어."

알렉시스는 할 수 없이 고개를 끄덕였다.

"걱정하지 마. 눈 깜빡할 사이에 갔다 올게."

다행히도 할머니는 옳았다. 너무 한꺼번에 많은 일이 일어나서 알렉시스에게는 아직도 모든 일이 다 혼란스러웠다. 할아버지가 가끔 몸을 떨 때만 알렉시스는 멍한 상태에서 잠깐 깨어났다가 바로 또 다시 머리가 멍해지곤 했다.

그래서 할머니가 손수레를 끌고 다시 나타났을 때는 별로 시간이 오래 지난 것 같지 않았다.

알렉시스의 도움을 받아 할머니는 움직이지 않는 할아버지를 살살 들어 올려서 손수레에 태우는 데 성공했다.

집으로 오는 길은 너무 괴롭고 멀게 느껴졌다. 할머니가 중간에 몇 번이나 멈춰서 쉬어야 했기 때문이고, 게다가 돌아오는 내내 할머니가 한마디도 하지 않았기 때문에 더 그랬다.

'망할 놈, 망할 케니트.'

알렉시스는 돌아오는 길 내내 혼잣말로 욕설을 내뱉었다.

두 사람은 할아버지를 끌고 힘겹게 걸었다. 마침내 저 앞에 할아버지와 할머니의 오두막집 불빛이 보였다. 그보다 더 마음 편해지는 광경은 없었다.

'어쩌면 할아버지는 하룻밤 푹 쉬면 다시 제정신으로 돌아오실지도 몰라.'

안으로 들어가서 알렉시스는 할머니를 도와 할아버지를 침대에 눕혔다. 할머니와 함께 숨을 돌리면서 알렉시스는 계속 바닥만 내려다보았다.

"죄…죄송해요, 할머니… 그렇지만…."

알렉시스는 이제야말로 실컷 야단맞을 것이라 생각하며 말을 더듬었다.

"할아버지는 어디가 잘못되신 거예요? 왜 절 못 알아봐요? 할아버지 괜찮아요?"

대답이 없다. 알렉시스는 고개를 들었다. 할머니는 양손에 얼굴을 파묻고 있었다.

알렉시스가 기억하는 한 할머니는 항상 냉정한 모습을 유지했고, 언제나 깔끔하고 고상하고 침착했다. 거의 귀족적인 느낌이었다. 말하는 방식조차도 항상 격식 있고 딱딱해서 알렉시스는 할머니의 어조가 조금 이상하고 약간 차갑다고 생각했다.

그러나 지금 처음으로, 그 차가운 돌과 얼음의 벽이 무너지고 있었다.

손녀가 보고 있다는 사실을 깨닫자 할머니는 즉시 정신을 차리고 수놓은 손수건 끝으로 눈가를 닦아 냈다.

"할아버지의 기억이 망가졌어, 알렉시스."

할머니가 헛기침을 하며 목소리를 가다듬었다.

"부서졌다. 안개가 돼 버렸어. 그래서 제대로 말을 못 하시는 거야. 정신이 멍해서 아무도 기억 못 해, 나조차도…."

목소리가 갈라진 할머니는 고개를 돌려 창밖을 바라보았다.

'기억이 망가졌다. 부서져서 안개 속으로 사라졌다.'

이 말이 알렉시스의 귓가에서 울렸다.

피가 덩어리져 얼어 버리는 것 같았다.

수천 개의 생각들이 한꺼번에 머릿속에서 뒤엉켰다.

바로 몇 시간 전만 해도 할아버지는 이런 얘기를 했다.

"꿈이란 그냥 만들어지기를 기다리는 기억 아니겠니? 기억이 지금의 우리를 만든단다. 꿈은 미래의 우리를 만들고."

'그렇다면 기억이 없으면 우리는 무엇일까? 기억이 망가지면 어떻게 되는 걸까? 기억이 다시 꿈으로 돌아가나?'

알렉시스는 숨을 쉴 수 없었다.

'아니면 우리도 망가지는 걸까?'

알렉시스는 침대 위에 무기력하게 누운 할아버지를 바라보았다. 그러면서 보라색 번갯불이 할아버지의 머리에 내리꽂히던 장면을 몇 번이나, 몇 번이나 다시 떠올렸다. 그리고 또 하나의 암담한 이미지가 머릿속에 떠올랐다.

'도서관에 불이 났다. 마술 양탄자가 불탄다. 할아버지의 이야기들이 전부 연기가 되어 날아간다.'

"할아버지 나을 수 있어요? 기억이 돌아올 수 있어요?"

알렉시스가 애원하듯 할머니에게 물었다.

"나도… 몰라… 정말… 모르겠다, 알렉시스…."

할아버지 말씀이 알렉시스의 귓가에 울렸다.

"꿈은 희망이 피어나는 꽃봉오리야."

'그럼 희망은 지금 어디 있어?'

바로 그때, 알렉시스는 오늘의 산책이 할아버지와 했던 마지막 산책일지도 모른다는 사실을 깨달았다.

할아버지의 화통한 웃음소리도 더 이상 없다. 다정하게 머리를 만져 주는 손길도 없다. 어이없는 이야기도 더 이상 들을 수 없다.

알렉시스는 엄청나게 커다랗고 쓴 알약이 바짝 마른 목구 멍 속에서 기어 올라오듯 혀 뒤에서 차오르는 마음의 아픔을 기침해서 토해 냈다.

'할아버지는 여기 바로 내 앞에 있는데 왜 멀리 떠나가 버린 것 같은 느낌이지?'

알렉시스의 눈에 물기가 엉겨 차올랐다.

'난 왜 가만히 입 다물고 할아버지 탓을 하고 있지? 그 망할 케니트 집을 부순 건 나였잖아!'

알렉시스는 걷잡을 수 없이 울기 시작했다.

'그 주문은 나를 향한 거였어! 할아버지가 아니라!'

"정말 죄송해요, 할머니…. 제발, 제발 제 말 믿어 주세요. 저 케니트에 대해서 거짓말한 거 아니에요, 정말이에요!"

알렉시스는 소매로 얼굴을 닦았다.

할머니는 몸을 돌려 손녀의 어깨에 찰랑찰랑 늘어진 머리 카락을 손가락으로 빗어 주었다.

"나도 알아…."

알렉시스는 눈을 깜빡였다. 할머니는 말을 멈추고 손수건 으로 알렉시스의 눈물을 닦아 준 뒤에 한숨을 쉬고 다시 말 을 이었다.

"네 말을 믿어."

'잠깐, 뭐라고?'

고무마개가 싱크대로 흘러나가는 물을 막듯이, 충격이 알렉시스의 눈물을 갑자기 막아 버렸다.

'응? 내가 제대로 들은 건가?'

"뭐라고요? 아니, 죄송해요. 제 말은요, 그러니까 할머니, **정말로** 케니트가 그랬다는 말을 믿으시는 거예요?"

알렉시스는 코를 훌쩍여 흘러나오려는 콧물을 들이마셨다.

"그래, 믿어."

할머니가 다시 한숨을 쉬었다.

"그리고…."

할머니는 다시 한참 동안 말을 멈추었다.

"그 케니트 이름은 리프야. 그쪽 숲에 사는 케니트는 리프밖에 없어."

알렉시스는 깜짝 놀랐다.

"그 케니트 이름을 아세요?"

알렉시스는 소매로 코를 문질러 닦았다. 할머니는 고개를 끄덕였다.

다시 긴 침묵.

"알렉시스, 내가 지금부터 하는 말은 우리만의 비밀이다."

알렉시스는 험한 파도 속의 고무 튜브가 흔들리듯 고개를 위아래로 열심히 끄덕였다.

할머니는 할아버지 옆, 침대 가장자리에 앉았다. 그리고 옆자리를 손으로 톡톡 두드렸다. 알렉시스는 고분고분 그곳에 앉았다.

"네가 아는 이 세계를 넘어선 곳에 존재하는 왕국이 있어. 이곳 사람들은 거의 모르는 나라야. 그 나라 이름은 '미스트'란다."

할머니가 말을 이었다.

"미스트에서 마력을 가진 자들은 자기들의 힘으로 엮어 낸 문이나 포털을 이용해서 미스트와 지구 사이를 갈라놓는 경계를 뚫고 드나들 수 있어. 어떤 자들은 지구에 남아서 사는 걸 선택하기도 해. 하지만 여기 인간들은 반대쪽으로 넘어가는 일이 거의 없지. 다만 예외가 있다면 어떤 특별한 시간에 특별한 장소에서 경계벽의 부드러운 커튼에 경계를 흐리는 것 같은 틈이 만들어질 때가 있어. 그럴 때 두 세계 사이에 일시적인 통로가 생겨나."

할머니가 알렉시스를 바라보았다.

"너하고 할아버지가 어쩌다 보니까 푸르스름한 회색 안개 속으로 들어갔다고 했지. 우연히 그 두 세계 사이에 벌어진 틈바구니 안으로 걸어 들어간 거야."

"그럼… 케니트, 그러니까 리프, 걔는 미스트에서 왔어요?"

"그래."

질문 위에 또 다른 질문들이 알렉시스의 머릿속에서 불꽃놀이처럼 터져 나왔다. 알렉시스는 할머니가 어떻게 리프를 아는지, 그리고 어떻게 미스트에 대해서 아는지 물어볼 참이었는데 누군가 할아버지 침대 옆 창을 두드리는 소리가 들려서 말을 멈추었다. 알렉시스는 소리가 나는 쪽으로 고개를 돌렸다.

바로 거기, 유리창을 소심하게 두드리며 서 있는 것은 다름 아닌 리프였다!

알렉시스의 입이 딱 벌어졌다. 처음에 알렉시스는 너무 놀라서 멍하니 창문을 쳐다볼 뿐 아무것도 하지 못했다.

할머니를 다시 쳐다보려고 고개를 돌렸을 때 침대에서 알렉시스 바로 옆에 누워 있는, 망가진 껍데기만 남아 버린 할아버지의 모습이 눈에 들어왔다.

알렉시스는 할아버지가 어쩌다 그렇게 되었는지 떠올렸다.

보라색 증기.

춤추는 구름.

할아버지의 머리에 뱀처럼 감겨들던 번갯불.

그 불꽃은 리프의 손가락에서 나왔다.

알렉시스의 피가 끓어올랐다. 분노가 손가락 끝까지 부글부글 넘쳤다.

'저게 우리 할아버지를 뺏어 갔어!'

알렉시스는 너무 화가 나서 리프의 강력한 마술에 대해 완전히 잊어버리고 창가로 달려갔다. 창문을 열고 조그만 말썽쟁이 케니트의 멱살을 잡고 끌어당겼다.

"이… 괴물! 할아버지한테 이런 짓을 해 놓고 어떻게 뻔뻔하게 또 얼굴을 들이밀 수가 있어?"

리프는 덜덜 떨며 파랗게 질리기 시작했다.

"끝장내러 온 거야? 이젠 내 차례냐? 내 차례냐고? 어? 맞아?"

리프의 허리띠에서 뭔가 비어져 나와 시끄러운 소리를 내며 침실 바닥에 떨어졌다.

"됐다. 그만해, 알렉시스. 걔 내려놔."

할머니가 말했다. 리프는 숨을 헐떡이며 할머니에게 고맙다는 듯 팔을 흔들더니 숨을 돌리고 몸의 균형을 찾은 뒤에 할머니 앞에 무릎을 꿇었다.

"제가 잘못했습니다. 정말 죄송합니다!"

리프는 양손을 땅에 짚었다.

"그분이 제 집을 부줬어요! 너무 화가 나서, 제정신이 아니었습니다! 뭔가 어두운 게 절 덮어씌운 것 같았어요. 그래서 제가 너무, 너무 끔찍한 주문을 걸고 말았습니다."

리프가 고개를 숙였다.

"그럴 생각은 아니었습니다! 믿어 주세요! 그리고 그분이 부군이신 줄은 몰랐습니다. 전에 뵈었을 때는 그분 머리카락이 까만색이었어요! 제발 용서해 주십시오, 전하, **제발!**"

알렉시스는 처음에는 리프를, 다음에는 할머니를 쳐다보며 잘못 들은 것은 아닌지 스스로 반쯤 의심하고 있었다.

"**전하**요?"

알렉시스가 물었다.

"일어나라, 리프. 네가 그 성깔머리를 못 이겨서 이번엔 정말 엉망진창으로 만들었구나."

할머니의 목소리는 조용한 분노로 떨렸고 목소리가 크지 않은데도 어쩐지 우렁우렁 울리는 것만 같았다. 리프는 서둘러 일어섰다. 그리고 얌전하게 손을 내밀었다. 그 손에는 로스만 담뱃갑이 들려 있었다.

'지렁이 상자. 멋지군.'

할아버지가 넘어졌을 때 주머니에서 떨어진 것이 분명했다.

"저기…. 이걸 떨어뜨리신 것 같습니다."

할머니는 아무 말없이 양철 담뱃갑을 받아 들었다. 리프는 고개를 숙인 채 그대로 서 있었다.

알렉시스는 여전히 충격에서 깨어나지 못한 얼굴로 다시 물었다.

"**전하**라니 무슨 말이야?"

리프는 눈을 휘둥그렇게 뜨고 알렉시스를 쳐다보았다.

"응? 무슨 말이냐니 무슨 말이야…?"

"우리 할머니를 왜 그렇게 부르냐고?"

리프는 머리를 긁적이다가 갑자기 깨달은 것 같았다.

"잠깐, 뭐? 꼬맹아, 너는 할머님이 어떤 분이신지 **모른단** 말이냐?"

알렉시스는 고개를 저었다.

"아이고, 이런, 이런."

리프가 말을 이었다.

"아이고 이런, 아이고 저런. 너희 할머님은 말이다, 그러니까…."

리프는 겁에 질린 눈으로 할머니를 흘긋 바라보았고 할머니는 무겁게 한숨을 내쉬었지만 아무 말도 하지 않았다.

"우리 할머니가 뭐?"

알렉시스가 캐물었다.

할머니는 알렉시스의 어깨에 손을 얹고 리프를 향해 조심스럽게 고개를 끄덕였다. 리프가 말을 이었다.

"할머님께서는… 아니 그러니까, 전에는 너희 할머님께서…."

리프는 말을 멈추고 머리를 긁적였다.

"어, 음, 그래. 아마 지금도 그러시다고 하는 게 맞겠지…."

리프는 혼잣말을 했다.

이 시점에서 알렉시스는 다시 한번 리프의 멱살을 잡고 싶은 마음이 치솟아 올랐는데 이번에는 화가 나서가 아니라 너무 답답해서였다. 이때 리프가 말을 이었다.

"너희 할머님이신 트리샤 공주님은 테멩 3세의 외동따님이시다."

알렉시스는 멍하니 리프를 바라보았다. 어깨에 얹은 할머니의 손이 조금 더 세게 힘을 주는 것이 느껴졌다. 리프는 한숨을 쉬고 크게 숨을 들이마셨다.

"꼬마야."

리프가 숨을 내쉬었다.

"내 말은, 테멩 **왕**이라고!"

눈을 껌뻑.

"**패리** 종족의 **왕** 테멩 말이야!"

껌뻑껌뻑.

"아이고! 너 항상 이렇게 멍하냐, 아니면 내가 너까지 번개로 찍은거냐?"

리프가 짜증을 냈다.

"**패리**, 그러니까 요정 말이야. 더 쉽게 말하자면 너희 할머님은 요정 공주님이라고!"

4. 기억풀 만드는 법

　지금 알렉시스는 숲 바로 한가운데 할아버지 할머니의 오두막집에 있는데도 어쩐지 굉장히 심하게 멀미가 나는 느낌이었다.

　마치 노 없는 뗏목을 타고 성난 바다에서 휘둘리며 몸부림치는 것 같았다. 성질 사나운 리프와 마법 세계는 뭐 그렇다고 치자. 그런데 이제는 할머니가, 과일케이크를 굽고 알렉시스가 제시간에 자는지 매의 눈으로 지켜보는 할머니가… **패리**, 그러니까 요정이고, 게다가 공주님이라고?

　두 가지 중 하나만 해도 —패리거나 그냥 공주라고 해도— 그 자체로 세상이 뒤집히는 사건이었다. 그런데 둘 다라고?

'패리인데 동시에 공주님? 요정들의 공주님?'

양말이 뒤집히듯이 알렉시스의 세상이 안쪽으로 우그러지는 것 같았다.

'숨 쉬고. 진정해. 정신 차려.'

알렉시스는 눈을 감고 숨을 들이쉬면서 하나부터 다섯까지, 내쉬면서 하나부터 다섯까지 숫자를 세었다.

다시 눈을 떴을 때 두 쌍의 눈이 알렉시스를 가만히 바라보고 있었다. 첫 번째는 걱정이 가득하고 약간은 슬픔이 어린 할머니의 눈이었다. 그리고 두 번째는 할머니의 머리와 어깨와 팔꿈치보다 한참 아래에 있는, 그날 저녁의 짧은 시간 동안 알렉시스의 단순한 세계를 뒤집어 버린 조그만 케니트의 눈이었다.

리프의 눈이 왼쪽 오른쪽으로 바쁘게 왔다갔다 하며 알렉시스와 할머니를 번갈아 쳐다보았다. 리프는 양손을 비비 꼬며 불안한 듯 발을 꿈지럭거렸다. 그리고 망설이며 목소리를 가다듬고 말했다.

"어… 그래서 요정 패리가 인간하고 결혼하면 어떻게 되는지 알아?"

침묵.

"아 그러지 말고, 맞춰 보라니까?"

계속 침묵.

"요리간!"

리프는 농담을 하며 큰 소리로 웃음을 터뜨렸다.

"그게 너야! 요리간!"

알렉시스는 전혀 농담할 기분이 아니었다. 리프의 멱살을 잡고 싶어서 다시 한번 손가락 하나하나에 힘이 들어갔다.

리프가 자기 이마를 쳤다.

"아이고! 너 정말 번개 맞았구나, 그렇지?"

리프는 큰 소리로 한숨을 쉬었다.

"요정의 '요'하고 패리의 '리'하고 합치면 '요리'잖아? 그리고 인간하고 결혼했으니까 인간의 '간'도 붙이면 요리간이 되는 거야!"

리프는 한심하다는 듯 팔을 흔들었다.

"알아들었어? 아아, 농담을 설명하면 재미없어진단 말이야!"

리프는 할머니의 얼음처럼 차가운 눈길을 받자마자 주눅이 들어 당장 입을 다물었다.

"쟤는 무시해라. 불쌍한 우리 아가. 오늘 저녁부터 고생이 너무 많네."

할머니가 몸을 앞으로 내밀어 알렉시스를 끌어당겨 껴안았다. 알렉시스는 그대로 뻣뻣하게 굳었다. 모든 일이 너무 많고 너무 빨랐다.

'우리 할머니 진짜로 대체 누구야?'

"내가 미스트 출신인 건 사실이야."

할머니가 알렉시스를 놓아 주었다.

"말하지 않아서 미안하다. 그렇지만 너희 아빠한테도 얘기한 적 없어. 네가 인간 세계에 안전하게 발붙이고 자라게 하기 위해서 우리는 너도 네 부모님도 다들 모르는 편이 최선이라고 생각했어."

'네?'

알렉시스는 눈을 휘둥그렇게 떴다.

"우리요? 할아버지는 알고 계셨어요?"

"그럼, 아시지."

할머니는 다시 침대에 편하게 앉아서 옆자리를 손으로 톡톡 쳤다. 알렉시스는 잠시 생각하다가 아주 조금 떨어진 곳에 천천히 앉았다.

"할아버지는 젊었을 적에 항상 숲에서 ―할아버지 '사무실'에서― 지냈어. 지금까지도 그랬듯이. 그리고 나도 그랬단다. 젊은 시절에 나는 장난기 많은 말괄량이였어. 아버지의 명령을 어기고 도망쳐서 자주 여기 ―인간의 세계로― 와서 이곳의 아름다운 생물들과 같이 놀곤 했지."

할머니는 먼 곳을 바라보는 듯한 미소를 지었다.

"있잖아, 지구에 찾아올 때마다 우리 패리들은 눈에 띄지 않기 위해서 호박벌 크기로 몸을 줄이거든. 가끔은 지나가던 사람 눈에 띌 때도 있어. 그렇지만 그런 사람들은 바로 뭘 잘못 봤다고 무시하기 마련이지. 제정신인 사람은 누구나 알듯이 요정 따위 없으니까!"

'저도 딱 그렇게 생각했어요.'

"어느 날 그렇게 지구에 놀러 와서 제비 등을 타고 나무 사이로 날아다니고 있었어. 그러다 눈 깜빡할 사이에 내가 탄 제비가 밀렵꾼들이 쳐 놓은 꿩 잡는 덫으로 날아들고 만 거야! 다친 제비 아래 깔리는 바람에 마법을 써서 제비와 함께 빠져나올 수가 없었어. 붙잡혀서 끝장날 거라고 생각했단다! 그래서 울기 시작했어."

알렉시스는 고개를 갸웃한 채로 할머니를 바라보았다.

"그런데 정말 다행히도 할아버지가 여느 때와 같이 숲속을 산책하고 있었어. 지나가다가 내가 우는 소리를 들은 거야."

할머니는 말을 멈추고 침대에 누운 할아버지의 손을 꼭 잡은 채로 이야기를 계속했다.

"할아버지가 제비와 나를 둘 다 살려 줬어. 그때부터 네 할아버지하고 나는 같은 장소에서 자주 만나곤 했단다."

'이거 할아버지가 항상 해 주시던 옛날이야기 같은데. 지금은 할머니가 얘기하신다는 것만 다르네. 그러네, 요정이 해주는 얘기. 요정이 자기에 대해서 해 주는 얘기야. 그냥 옛날이야기가 아니야.'

"너처럼 나도 할아버지가 해 주는 여러 가지 이야기들을 아주 좋아했어. 할아버지는 옛날부터 전해 내려오던 동화와 민담들을 신나게 들려주었고 지금 일어나는 굉장한 일들을 알려 주며 나를 놀라게 했지. 하늘을 날아다니는 쇠로 만든 배라든가 그림과 소리와 빛으로 마술을 보여 주는 전기 상자라든가.

그리고 나는 내 고향 미스트의 전설적인 신비와 여러 가지 기적, 엘프와 마법 주문과 소원을 들어주는 우물 이야기로 할아버지를 매혹시켰단다. 인간들이 옛날이야기라고 하는 걸 우리는 흔히 역사라고 하니까!"

할머니는 할아버지의 머리카락을 손가락으로 쓰다듬었다.

"결국 예상대로 당연하게 우리는 사랑에 빠졌어. 하지만 슬프게도 패리와 인간 사이의 사랑은 왕실 포고령으로 엄격하게 금지되어 있단다."

알렉시스의 귀가 쫑긋해졌다.

"왜요?"

"음, 고대의 예언에 따르면 그런 결혼에서 태어난 자로 인해 미스트에 어둠의 시대가 온다는 경고가 있었거든. 그 예언 때문에, 그리고 미스트 종족들이 인간의 방식을 받아들이기 힘들어 해서 나는 최후통첩을 받았어. 사랑하는 내 사람을 떠나든가, 사랑하는 내 나라를 떠나 마법의 대기 바깥으로 나가서 보통 인간이 그렇듯이 빠르게 나이 먹고 빠르게 죽는 삶을 택하든가."

알렉시스는 헉, 하고 숨을 들이켰다. 그리고 할머니는 조금 장난스러운 미소를 지었다.

"그래, 아가야, 나는 아버지의 왕국에서 추방되어 시간의 모래가 훨씬 더 무겁고 삶의 기쁨이 더 밝게 타오르지만 봄의 반딧불이처럼 빠르게 사그라지는 이 세계로 오는 쪽을 선택했어.

떠나기 전에 나는 날개를 떼어 놓고 가라는 명령을 받았어. 처벌의 의미도 있었겠지. 왜냐하면 날개가 없으면 우리 미스트 종족 마법의 근원이 되는 마법 가루를 만들 수가 없거든. 그렇지만 이 세계에서 보통의 인간 사이에 섞여 들어 안전하게 살기 위해서이기도 했어. 인간이 요정에게 무슨 짓을 하는지 상상할 수 있니? 난 감히 너한테 말해 줄 수도 없단다, 아가야."

할머니는 부드럽게 할아버지의 손을 토닥였다.

"그리고 네 할아버지가 다시 한번 미스트에 발을 들인다면 체포되어 영원히 감옥에 갇힐 거라고 했어. 다시 말해 내가 사랑하는 사람과 함께하기를 원하는 한, 나는 모든 힘을 뺏기고 내 고향에 돌아갈 수 없다는 뜻이야."

할머니는 몸을 앞으로 기울여 손가락으로 알렉시스의 달아오른 볼을 다정하게 쓰다듬었다.

"아주 오래된 이야기란다, 알렉시스. 하지만 다시 하라고 해도 나는 똑같이 할 거야. 지금 여기 나는 너를 손녀로 두어 세상에서 가장 행복한 할머니니까."

알렉시스는 어떻게 반응해야 할지 알지 못했다.

'으아, 화를 내야 할지, 너무 이상하고 소름 끼친다고 해야 할지, 놀라야 할지 전혀 모르겠어. 아니 이게 뭐냐고, 할머니가 인간이 아니라는 사실을 방금 알게 된 거잖아!'

할머니에 대해서 아는 건 얼마 없고 모르는 게 너무 많다는 것을 알렉시스는 이제야 깨달았다. 동시에 지금까지 스스로의 할머니에 대해서 제대로 아는 게 아무것도 없었다는 조그만 죄책감이 알렉시스의 마음속을 긁었다.

'그래서 할머니가 언제나 약간은 이곳에 맞지 않고 이 세계

하고 어울리지 않는 것처럼 보였구나.'

알렉시스는 고개를 흔들었다.

'왜냐하면 실제로 그러니까! 이 세계하고 어울리지 않는 거지, 말 그대로. 하긴 자세한 걸 몰랐으면 나는 제일 처음 외계인이라고 생각했겠지만⋯'

알렉시스는 어깨를 으쓱했다.

'그렇지만 또, 생각해 보면 나도 어딘가에 내가 딱 맞다고 느껴본 적이 없었으니까. 이젠 최소한 그 이유는 알았네. 나도 사실 맞지 않으니까!'

할머니는 말을 이었다.

"그래서 이걸 너희들 모두에게 알려 주지 않으려고 한 거야. 우리는 절대로 다시는 미스트에 돌아갈 수 없을 테니까. 한 번도 가 본 적이 없고 앞으로도 갈 수 없는 곳을 그리워하면서 평생을 지내야 할 필요는 없지 않니? 그리고 절대 이해할 수 없는 것을 믿는다는 이유로 우리 아이들이 조롱받거나 따돌림당할 위험을 감수할 필요도 없잖아?"

'아빠가 한 직장에 머무르지 못하는 것 같던 이유도 이것 때문이었을까? 아빠가 바로 옆에 있을 때도 어쩐지 생각에 잠겨서 마음은 다른 데 가 있는 것 같던 이유가?'

알렉시스가 입을 열어 수천만 개의 다급한 질문들을 하나씩 쏟아 내려고 하는 그 순간에 할아버지가 길게 한숨을 내쉬었다. 그리고 할아버지는 혼잣말로 뭔가 중얼거리며 반대쪽으로 돌아눕더니 코를 골기 시작했다. 할머니는 몸을 굽혀 할아버지의 볼에 입 맞추고 누비이불을 끌어당겨 할아버지의 가슴 위로 덮어 주었다.

"할아버지의 기억을 복원할 방법을 찾아야 해."

할머니가 고개를 돌려 리프를 엄격한 눈으로 쏘아보았다.

"그 부분에서 **네가** 필요하다."

리프는 기침을 했다.

"어, 예, 물론입니다, 트리샤 공주님. 저도 바로 그래서 찾아뵈었지요…."

리프는 알렉시스를 살짝 쳐다보았고 알렉시스는 얼음 같은 눈총을 되쏘았다.

"제 건강과 안전에 명백한 위험이 있음에도 불구하고 말입니다."

리프는 조끼 주머니에 손을 넣어 오래된 양피지 조각을 꺼냈다.

"흠흠."

리프는 다시 목소리를 가다듬었다.

"제가 여기 가져온 것은 기억풀 제조법인데요, 이것은 제가… 어… 제 말씀은, 대단히 불행하게도 부군께서 이번에 걸리신 '잊어버리는 안개 주문'에 대한 해독제입니다."

알렉시스는 코를 킁킁거리며 리프에게 화가 잔뜩 난 눈총을 쏘아 보냈다. 이 요물의 먹살을 잡고 싶어서 다시 손가락이 근질근질해졌다.

"한번 보자."

할머니가 리프에게서 양피지를 받아 들며 말했다. 알렉시스는 할머니가 두루마리를 펼칠 때 옆에서 엿보았다. 안에 적힌 것은 목록이었고, 읽기 힘들게 괴발개발 흘려 쓴 손 글씨가 그 옆에 적혀 있었다.

"아뇨."

알렉시스가 신음했다.

"이건 그냥 마트 가서 **사면** 되는 게 아니잖아요? 여기 나와 있는 두융, 낭마이, 바쿠, 이런 건 신화 속의 생물들이라고요!"

알렉시스는 자기 이마를 쳤다.

'아 맞네. 그렇지!'

"잠깐, 이런 고민을 할 필요가 없잖아? 우리 할머니가 패리인데다 난 방금 케니트 리프의 먹살을 잡았다고."

알렉시스는 믿을 수 없다는 듯 고개를 저었다.

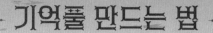

기억풀 만드는 법

재료

❁ 주문 건 자의 눈에서 나온 후회의 소금 (7그램) 윽!

❁ 로열 낭마이 벌의 벌젖 (1/2 컵)

❁ 가루다의 둥지 조각 (1줌) } 휘파람 수풀

❁ 두융의 땀 (3방울) ← 페라후섬

❁ 피해자가 좋아하는 맛 (1자밤)

❁ 피해자가 사랑하는 향 (1겹) } ??

❁ 봄에 처음 피는 꽃의 신선한 감로 (1송이)

❁ 바쿠 코털 (3가닥) } 우종섬

제조법

1. 재료를 작은 냄비에 넣고 센불로 1분간 끓인 뒤 잘 젓는다.
   마늘로 맛을 낸다. 약불로 하룻밤 천천히 끓인다. (10시간)

2. 혼합물을 환자의 입에 붓는다. 환자가 삼키도록 한다.
   경고: 맛이 끔찍하다. 저항을 예상할 것. (앞의 환자를 밧
   줄로 묶어 놓는 쪽을 추천)

3. 편하게 앉아서 기억이 다시 붙기를 기다린다.

"좋아요, 아까 했던 말은 잊어버려요. 제가 말씀드리고 싶은 건 낭마이는 태국에 있고 바쿠는 일본에 있고⋯. 그리고 이런 나라들은 그냥 옆집에 가듯이 걸어가면 되는 게 아니잖아요! 여기 재료들도 다 그냥 나가서 구할 수 있는 게 아니고. 아니, 아마 첫 번째는⋯."

알렉시스는 날카로운 눈으로 리프를 노려보았다.

"당연히 이 망할 녀석의 코에 한 방 먹여 주면 구하기 쉽겠죠!"

리프는 본능적으로 콧구멍을 가렸다.

"그게 말이다, 아가야."

할머니가 중재했다.

"몇 가지는 우리 집에 있어. 예를 들면 피해자가 사랑하는 향 같은 거 말이다. 그건 할아버지가 나한테 만들어 준 향수야."

"아 맞아요! 그리고⋯ 할아버지는 거의 모든 음식에 고춧가루를 뿌려서 드세요. 그러니까 **그게** 할아버지가 좋아하는 맛일 거예요!"

"봐라, 벌써 필요한 걸 두 개나 찾아냈잖니!"

할머니는 목록을 열심히 들여다보았다.

"나머지는 미스트에서 찾을 수 있어. 여기 보면 누가 벌써 미스트 어디에서 재료들을 찾을 수 있는지 써 놨구나."

리프가 바로 이 지점에서 억지로 기침을 했다.

"재료를 찾는 것은 아마 쉬운 일일 거다. 가장 어려운 건 물리적으로 재료를 가져오는 거야. 심지어 재료를 가지러 가는 것부터. 특히 우종섬은 아주 까다로워! 하지만 걱정 마라, 내 오랜 친구…."

할머니는 말을 멈추고 리프를 쳐다보았다. 리프는 할머니의 눈길을 피하려다 실패한 뒤 어깨를 축 늘어뜨리고는 체념한 듯 고개를 끄덕였다.

"함께라면 우린 할 수 있어."

알렉시스의 심장이 두근거렸다.

"네, 우린 할 수 있어요, 할머니!"

할머니는 고개를 저었다.

"아니, 미안하다, 알렉시스. 내 말은 리프하고 내가 간다는 얘기야."

알렉시스는 눈을 깜빡였다.

'네? 그럴 수가….'

벌떡 일어나서 입술을 떨며 알렉시스는 굳게 팔짱을 꼈다.

"안 돼요, 할머니! 저도 같이 가요! 전 **꼭** 가야겠어요!"

할머니가 전혀 반응하지 않아서 알렉시스는 물에 빠진 사람이 지푸라기를 잡듯이 더 절박하게 시도해 보았다.

"그리고… 그리고… 여기엔 절 돌봐 줄 사람도 없으니까 저 혼자 여기 남아 있을 수는 없어요. 여기 있다가 저한테 무슨 일이 생길지도 모르고, 아니면, 아니면… 어디로 끌려가서 입양돼 버릴지도 모르고… 아니면… 아니면….."

"아이한테는 너무 위험한 일이야."

"전 아이가 아니에요! 저도 충분히 나이 먹었어요! 절 여기 두고 가실 수는 없어요! 전 할아버지를 꼭 살려야 한다고요!"

할머니는 눈을 감고 관자놀이를 문질렀다.

'앗, 큰일 났다. 할머닌 나보고 방에 가서 반성하라고 하기 전에 꼭 저렇게 하시는데.'

할머니는 한숨을 쉬고 눈을 다시 뜨고 알렉시스를 똑바로 바라보았다. 혹은 알렉시스를 훤히 **꿰뚫어 보는** 것 같았다.

"알았다. 같이 가자."

리프가 양손으로 얼굴을 가리고 고개를 힘껏 흔들었다.

'정말?'

알렉시스는 펄쩍 뛰어오르려다가 참았고 최대한 진지한 표정을 하려고 애썼다.

"그렇지만 항상 내 곁에 바짝 붙어 있고 내가 하는 말을 한마디도 거역하지 말고 다 지키겠다고 약속해라."

"약속해요! 말 잘 들을게요!"

"그리고 조금이라도 위험한 기미가 보이면 바로 집에 올 수 있도록, 내일 내가 뭘 하나 줄게."

알렉시스는 열성적으로 고개를 끄덕였다.

"어, 음, 전하."

리프가 목소리를 가다듬었다.

"전하를 모시게 되어 진심으로 영광입니다만…."

리프는 알렉시스를 향해 곤란한 듯 눈을 굴렸고 알렉시스는 리프에게 혀를 메롱 내밀었다.

"이 여행에선 어린아이를 돌볼 여력이 전혀 없습니다."

"어린애 아냐. 너나 기저귀 잘 챙겨."

알렉시스가 끼어들었다.

"성숙한 어른인 제가 말씀드리고 있었습니다만…."

리프는 알렉시스에게 일부러 등을 돌렸다.

"말씀드리기 송구합니다만 반드시 아셔야 할 것은 부군의 머릿속에 안개가 오래 남아 있을수록 부군께서 돌아오시기가 그만큼 어려워진다는 사실입니다. 그리고…."

"또 뭐가 있어?"

할머니가 신음했다.

"어…, 그렇습니다."

리프가 몸을 움츠렸다.

"첫 번째 꽃은 봄의 첫날 새벽에만 피어났다가 정오에 시들어 버립니다. 그 시기를 놓치면 1년을 더 기다려야 합니다. 그러면 이미 너무 늦을 것입니다."

"그럼 정말로 더 이상 시간 낭비하지 말아야겠구나."

할머니가 주먹을 꽉 쥐었다.

"겨울이 끝날 때까지 재료를 모아야 된다, 알렉시스. 안 그러면 할아버지의 정신을 뒤덮은 안개가 할아버지를 영원히 데려갈 거야."

할머니는 그러고 나서 덧붙였다.

"그렇지만 먼저 할 일은 해야지. 시간이 늦었고 넌 가서 자야 돼, 알렉시스. 2층으로 올라가. 우물쭈물하지 말고."

"하지만…."

"말 잘 듣겠다고 약속한 거 잊지 않았겠지?"

알렉시스는 계단을 뛰어 올라갔다.

"바로 가서 잘게요, 할머니!"

할머니는 리프를 불렀다.

"리프, 내 옛 친구들한테 지금 당장 말을 좀 전해 줘야겠다. 내일 아침 일찍 만나자고 전해라."

리프는 양순하게 고개를 끄덕였다.

"안녕히 주무세요, 할머니!"

알렉시스가 위층에서 소리쳤다. 할머니가 손녀 쪽으로 고개를 돌렸다.

"잘 자라, 충분히 나이 먹은 우리 아가. 내일 모험이 시작된다. 내 날개를 되찾는 것부터 시작할 거야."

5. 첫 번째 재료

따뜻한 새벽 햇살이 커튼 사이를 엿보다가 알렉시스의 눈꺼풀 위로 쏟아져 들어와 장난스럽게 춤을 추며 알렉시스를 깨웠다.

알렉시스는 하품을 하고 팔다리를 쭉 뻗었다. 흐릿한 눈을 비비며 며칠 전 아침 할아버지가 깨워 주시던 것을 떠올렸다.

"자아아아알 잤니, 우리 잠꾸러기 새싹! 아, 눈가에 흙 부스러기 가칠가칠한 게 느껴지지 않니?"

할아버지는 알렉시스의 눈가에서 알갱이를 조심스럽게 떼어 주며 말했다.

알렉시스는 고개를 끄덕였다. 할아버지가 말을 이었다.

"잠에서 막 깼을 때 눈에 붙어 있곤 하지, 그렇지? 그게 뭔지 알아?"

"어… 당연히 알죠, 할아버지! 마른 눈곱이잖아요!"

할아버지는 고개를 저었다.

"아니야! 그건 네가 잘못 아는 거야, 새싹! 어젯밤에 샌드맨이 잠 가루를 머리 위에 뿌려서 네가 꿈을 꾸게 하고 꿈속의 이야기를 이어 가게 한 거야. 샌드맨이 잠 가루를 너무 많이 뿌렸거나 아니면 네가 가루를 다 쓰기 전에 너무 빨리 깼나 보다. 어찌 됐든 사실은 그거야. 남은 잠 가루, 꾸지 않은 꿈. 다시 말해 샌드맨이 존재한다는 단단한 증거지!"

할아버지는 엄지손가락과 다른 손가락들을 비벼서 가루와 부스러기를 떨어냈다.

"그렇지, 아주 단단한 증거고 말고!"

할아버지는 킥킥 웃었다.

이런 기억을 떠올리며 알렉시스는 미소를 지었다. 그러다 정신을 차렸다.

'잠깐, 어젯밤은 그냥 꿈이었던 건가? 샌드맨이 엄청 센 가루를 나한테 뿌린 거야?'

알렉시스는 포근한 이불을 차 내고 벌떡 일어나 앉았다. 바닥에 구겨진 채 널브러진 자신의 보라색 자켓이 보였다.

'으으으. 좋지 않아.'

어젯밤에 완전히 지쳐서 침대에 뛰어들기 전, 바로 거기에 자켓을 벗어 던졌던 것이 기억났다.

'에휴, 확인할 방법은 하나뿐이지.'

알렉시스는 일어서서 할아버지와 할머니의 침실로 향했다. 문은 열려 있었다. 그러나 알렉시스는 망설이며 문밖에 서 있었다. 그리고 숨을 들이쉬었다.

친숙하고 달콤하고 굉장히 향기로운 냄새가 알렉시스의 코를 반겼다. 오렌지 재스민에 바닐라가 살짝 섞인 냄새.

'할머니, 벌써 일어나셨구나, 당연하지.'

향기가 보통 때보다 훨씬 더 강하게 풍겼지만 알렉시스는 크게 신경 쓰지 않았다.

마침내 알렉시스는 용기를 내어 안으로 들어갔다. 들어가자마자 알렉시스는 할아버지가 등에 베개를 몇 개 받치고 침대에 앉아 있는 모습을 보았다. 할아버지는 고개를 돌려 창문 쪽을 보고 있었다.

"어… 안녕히 주무셨어요, 할아버지…."

대답이 없다.

"할아버지? 몸은 좀 어떠세요?"

대답이 없다. 여전히.

알렉시스는 가까이 다가갔다. 할아버지의 눈은 텅 비어 있었다. 조용히 혼잣말을 하고 있긴 했지만 특정한 상대방에게 하는 말은 아니었다. 알렉시스의 심장이 쿵 내려앉았다.

'어젯밤 일들이 진짜로 일어났구나.'

"하⋯하⋯할아버지?"

'나 왜 떨고 있지?'

할아버지가 중얼거리다 멈추고 고개를 손녀 쪽으로 돌렸다.

'여전히 똑같은 할아버지야. 무서워할 거 없어.'

알렉시스는 기운을 내어 최대한 밝고 환하게 미소를 지었다. 할아버지도 마주 미소 지었다.

'맞잖아?'

알렉시스는 조심조심 손을 뻗어 할아버지의 손을 잡았다.

"어⋯ 몸은 좀 어떠세요? 괜찮으세요?"

"음⋯ 괜찮으!"

할아버지는 알렉시스가 잡은 손을 갑자기 확 뺐고, 알렉시스도 깜짝 놀라 손을 놓았다. 할아버지는 그 손으로 다른 쪽 팔을 긁었다. 그리고 같은 손을 머리 쪽으로 들어 올려 관자놀이를 만졌고, 그런 뒤에 손을 아무렇게나 침대 위로 탁 떨어뜨렸다.

"제 말 들리세요? 제 말 알아들으시겠어요, 할아버지?"

알렉시스의 눈에 눈물이 고이기 시작했다.

"음… 괜찮으!"

그리고 할아버지는 방금 했던 동작을 다시 한번 똑같이 되풀이했다.

"거기 어디 아직 계시는 거죠?"

"음… 괜찮으!"

다시 똑같은 동작이 이어지고 손이 침대 위에 탁 떨어지며 끝났다. 알렉시스의 마음속에서 갑자기 감정이 부풀어 올라 폭발했다.

"어젯밤엔 왜 그 멍청한 케니트한테 가서 거짓말을 하셨어요? **왜요?**"

알렉시스가 소리를 질렀고 할아버지가 흠칫거리며 몸을 움츠렸다.

"도깨비집은 **제가** 밟았다고요. 할아버지가 아니라!"

알렉시스의 목구멍에 덩어리 같은 것이 부풀어 올라 그대로 머물렀다.

"왜 **할아버지가** 했다고 그러셨어요? 왜요?"

"음… 괜찮으!"

머리를 긁고 관자놀이를 만진다. 탁.

그러나 할아버지가 전부 알아들었다 해도 대답을 들을 필요가 없었을 것이다. 알렉시스는 답을 알고 있었기 때문이다.

목구멍의 덩어리가 무거워졌다. 이 순간 알렉시스는 할아버지의 흐린 눈을 더 이상 들여다볼 수가 없었다. 알렉시스는 할아버지의 손을 내려다보았다. 손가락이 창백했고 손은 전보다 더 마르고 주름진 것처럼 보였다.

'절 위해서 그러신 거죠, 제가 마지막에 할아버지한테 못된 말을 했는데도. 할아버지, 정말 훌륭한 손녀를 두셨어요.'

갑자기 알렉시스는 다시 한번 김을 뿜는 뜨거운 냄비가 되어 찬물 샤워라도 해야 할 것만 같은 답답한 기분이 되었다.

알렉시스는 할아버지를 바라보며 애원하듯 속삭였다.

"옛날이야기 해 주세요, 할아버지…. 이야기 듣고 싶어요…."

"음… 괜찮으!"

그것이 대답이었다. 탁.

알렉시스는 다시 한숨을 쉬고 기억을 더듬어 할아버지가 들려주었던 온갖 다양한 이야기들을 떠올렸다.

어떤 것은 진짜였고 어떤 이야기는 아니었다. 그리고 어느 쪽이 진짜인지 구분하기는 힘들었다. 최소한 절반은 —어느 절반인지는 알렉시스도 모른다— 진짜와 가짜가 섞여 있었기 때문이었다.

알렉시스는 자주 화난 척하며 팔짱을 끼고 발을 구르고 "그거 **정말** 진짜예요, 할아버지?"하고 대답을 요구했던 것을 떠올렸다.

그리고 언제나, 한 번도 틀리지 않고 대답은 똑같았다.

"네가 원하는 만큼 진실이지!"

이제 어젯밤 일을 겪고 나니 사실과 허구를 구분하기가 더욱 어려웠다.

'할아버지가 마지막으로 해 주신 이야기처럼… 어쩌면 할아버지가 정말 마지막으로 나한테 해 주신 이야기일지도 몰라. 할아버지하고 할머니가 만난 이야기.'

처음 그 이야기를 들었을 때는 할아버지가 말도 안 되는 내용을 처음부터 끝까지 전부 지어냈다고 생각했다. 하지만 알고 보니 그 안에 **정말로** 일말의 진실이 있었던 것이다.

'하지만 얼만큼이나?'

알렉시스는 궁금해하다가 어깨를 으쓱거리고는 고개를 저었다. 그러다가 알렉시스의 눈길이 할아버지의 침대 옆 탁자에 닿았다. 가장 처음 눈에 들어온 것은 향수병이었다. 알렉시스의 심장이 쿵쿵 뛰었다.

'피해자가 사랑하는 향!'

향수 냄새가 오늘따라 유독 강하게 느껴진 것도 놀랄 일이 아니었다. 할머니가 향수병을 열고 쏟아 낸 것이 분명했다.

'첫 번째 재료! 할머니가 준비하셨구나!'

지금 말고 이 향이 이렇게 강렬하게 풍겼던 때는, 알렉시스
가 기억하기로는, 할아버지의 온실에서 실제로 꽃이 피어났
을 때뿐이었다.

흰털선인장꽃이다.

대부분의 다른 꽃과 달리 흰털선인장의 유령처럼 하얀 꽃
봉오리는 저녁에만 피어나고 새벽이 되기 전에 져 버렸다.

알렉시스의 귓가에 또다시 옛날이야기를 해 주는 할아버지
의 목소리가 들리는 것 같았다.

'이건 수줍음 많은 조그만 꽃이야, 새싹. 일 년에 한 번만,
햇빛이 아니라 달빛 속에 피어나지. 흰털선인장이라고 하는
데, 그 이름만 들으면 이런 생각이 떠올라. 으아니! 흰털이라
고? 내가 흰털뱅이란 말이냐!'

할아버지는 안 웃긴 농담에 스스로 웃었다.

"그보다는 다른 이름이 훨씬 더 좋단다. '밤의 여왕'이라고
하지."

할아버지의 침대 옆 탁자를 가만히 바라보던 알렉시스의
눈길이 할머니의 향수병 뒤에 있는 조그만 사각형으로 옮겨
갔다. 심장이 얼어붙었다. 그것은 할아버지가 마지막으로 주

머니에 집어넣었던 로스만 양철 담뱃갑이었다. 그 뒤에 두 사람은 리프와 마주쳤고, 리프가 그 양철 담뱃갑을 도로 가져왔다.

'KC. 지렁이. 아니 그 어쩌고 벌레. 내가 원하지 않았던 겨울 반려 곤충.'

알렉시스는 담뱃갑을 집어 뚜껑을 억지로 열고 안에 있는 생물체를 들여다보았다.

'으휴, 아직도 살아 있어.'

벌레는 여전히 징그러워 보였다. 다리가 너무 많아서 볼 때마다 속이 울렁거렸다.

'그렇지만 할아버지가 나더러 널 돌봐 주라고 하셨으니까.'

"할 수 없지. 넌 나하고 있을 수밖에 없나 보다. 나도 너하고 있어야겠지."

'먹이를 줘야겠다. 할아버지가 얘한테 뭘 먹여 주라고 하셨더라? 아, 그렇지! 으.'

KC를 데리고 알렉시스는 거실 텔레비전 뒤의 커다란 유리 수족관으로 향했다. 그 안에는 할아버지가 자랑스러워하는 아로와나 물고기가 마치 액체 하늘을 가르며 날아다니는 물속의 용처럼 장엄하게 미끄러져 다녔다. 금빛, 은빛 비늘이 매끈매끈한 몸체가 휘어질 때마다 반짝거렸다.

알렉시스는 수족관 아래 선반에서 말린 먼지벌레 유충 깡통을 하나 꺼내 부엌으로 갔다. 부엌에서는 할머니가 앞으로 펼쳐질 모험에 대비해 바쁘게 짐을 싸고 있었다.

할머니는 창고를 뒤져 할아버지의 오래된 등산 가방을 꺼내 필요한 물건들을 채워 넣고 있었다. 손전등, 구급약, 옷과 수건, 선글라스, 그리고 물론 점심까지. 할머니는 그 유명하고 맛있는 정어리샌드위치를 만들었다.

할아버지 배낭 옆에 할머니는 알렉시스의 배낭도 챙겨 놓았다. 그것은 알렉시스의 책가방이었는데 주말에는 짐 가방으로도 활용했다.

"안녕히 주무셨어요, 할머니."

할머니는 알렉시스를 올려다보고 부드럽게 웃었다.

"아, 일어났구나. 잘 잤니, 아가야."

할머니의 눈이 커졌다.

"아니, 너 왜 그 지렁이 깡통을 들고 있니? 그것도 재료 목록에 있지는 않았을 텐데?"

"아, 할아버지가 저보고 반려 곤충으로 데리고 있으라고 하셨으니까 제가 돌봐 줄 거예요."

할머니는 로스만 양철 담뱃갑을 살짝 들여다보고 고개를 절레절레 젓고는 어깨를 으쓱했다.

알렉시스는 KC의 담뱃갑 안에 먹이를 몇 마리 부어 넣은 뒤에 깡통을 책가방에 챙겨 넣었다. 그리고 할머니를 돌아보았다. 할머니는 자신의 배낭에 조그만 플라스틱 반찬 통 세트를 욱여넣고 있었는데, 가져와야 할 여러 가지 재료들을 넣는 통으로 쓰려는 것 같았다.

"저도 그 통 하나만 주시면 안 돼요? 할아버지 고춧가루 가져올게요."

"물론이지, 도와줘서 고맙다 아가야. 고춧가루 만지고 나면 꼭 손을 씻어라. 그건 조금만 입에 넣어도 혀가 불타서 구멍이 뚫릴 지경이거든!"

할머니는 그러다가 생각을 돌렸다.

"아, 그렇지. 그러기 전에 우선 뭣 좀 먹어라. 내가 아침 만들었어."

알렉시스는 반숙 달걀과 카야 토스트를 열심히 집어삼켰다. 금빛을 띤 끈적한 갈색 카야잼을 먹으니 지금 일어나는 모든 일에 대해서 약간 희망적인 기분이 들었다. 특히 진한 초콜릿 맛의 뜨거운 마일로를 마시고 나니 배 속이 든든했다. 알렉시스는 식사를 마치고 온실로 향했다.

거실 옆에 붙어 있는, 이 통유리 울타리로 둘러싸인 공간은 집 전체에서 할아버지가 가장 좋아하는 곳이었다. 여러 가지 풀, 향료, '밤의 여왕' 같은 이국적인 꽃들이 사계절 내내 이곳에서 무성하게 자라났다.

바깥의 숲이 할아버지의 사무실이라면 이 실내 정원은 집 안에 있는 할아버지의 일터와 같았다.

할아버지가 키우던 향신료 구역으로 다가가면서 알렉시스는 할아버지가 자랑스럽게 처음으로 온실 안을 보여 주던 때를 생생하게 떠올렸다.

"그거 아니, 알렉시스? 정원이라는 게 처음 만들어진 곳은 중국이란다. 초기 정원사들은 지상에 천국을 재현하겠다는 꿈을 좇고 있었어."

할아버지는 화려하게 허리를 숙였다.

"그러니 어서 오십시오, 어서 와요, 고귀하신 꼬맹이시여, 나의 사랑하는 새싹님, 이곳은 조그만 천국입니다!"

그리고 거기, 알렉시스 바로 눈앞에 '브투졸로키아' 고추가 있었다.

"다른 이름으로는 유령 고추라고도 하지."

알렉시스는 할아버지가 말해 준 것을 기억했다.

"이 고추를 먹으면 영혼이 몸에서 펄쩍 뛰어나갈 정도로 타는 듯이 맵거든! 이 고추씨는 인도에서 매운 고추 먹기 대회에 나가서 불 먹는 마술사와 겨루게 되었을 때 받은 건데,

오늘날까지도 여기서 잘 자라면서 인생이 싱거워질 때면 언제든 화끈한 맛을 더해 주고 있지! 아 맞다 새싹, 매운 고추라니 말인데…."

할아버지는 시계처럼 정확하게 또 이야기를 만들어 내기 시작했다.

"옛날 옛적에 어떤 고추 농부에게 아들이 셋 있었는데, 아들들은 똑같이 능력이 좋았어. 어느 날 농부는 아들 셋을 불러 모아 흙이 가득한 화분을 하나씩 선물했지.

'화분마다 부트졸로키아 고추씨가 딱 하나씩 들어 있다. 너희 셋은 각각 자기가 받은 화분을 돌보아라. 석 달 뒤에 너희 셋을 모두 불러 모으겠다. 최고의 고추 열매를 키워 낸 쪽이 고추 농장을 물려받을 것이다.'

시간은 금세 흘러갔고 농부는 다시 아들들을 불러 모았어. 맏이와 둘째가 자랑스럽게 들고 있는 화분에는 키 크고 장엄한 식물에 싱싱한 푸른 잎이 달리고 피처럼 빨간 고추가 마치 커다란 크리스마스트리 불빛처럼 달랑거리고 있었어. 둘 중에 어느 쪽이 더 훌륭한지 결정하기는 진실로 어려웠어.

반면 막내는 고개를 숙이고 있었어. 막내가 떨리는 팔로 꼭 안고 있는 것은 빈 화분이었거든. 화분에는 흙 외에는 아무것도 없었고, 처음 농부가 아들들에게 화분을 나누어 준

그날과 정확히 똑같은 모습이었어. 맏형과 둘째 형은 기뻐하며 키득거렸지.

'우리 둘이서 경쟁하게 될 것 같구나!'

두 형이 놀렸어.

'어떻게 된 일이냐, 아들아?'

농부가 오른쪽 눈썹을 높이 치켜올리고 물었지.

'용서하십시오, 아버지. 저는 아버지의 농장을 운영하기는커녕 농장의 흙을 팔 자격조차 없습니다. 아무리 비료와 물을 주고 햇빛을 쬐어 주어도, 일주일이 지나고 이 주일이 지나고 삼 주일이 지나도 흙에서 초록 싹이 단 하나도 나오지 않았습니다. 저는 실패했습니다, 아버지.'

놀랍게도 아버지는 밝게 웃으며 막내를 껴안았어.

'아, 나의 아들아, 네가 잘못 안 것이다. 나의 막내아들이며 정직한 네가 나는 가장 자랑스럽다. 바로 너에게 이 농장을 물려줄 것이다.'

맏이와 둘째가 소리치며 있는 힘껏 항의하기 시작했어. 농부는 단호하게 손을 저어 맏이와 둘째를 조용하게 만들었지.

'사실은 이렇다. 고추씨를 화분에 심기 전에 내가 씨앗 세 개를 모두 끓여서 죽여 버렸다. 끓인 씨앗에서는 애초에 아무것도 자라날 수 없었다. 하지만 맏이와 둘째야, 너희는 어찌

된 일인지 완벽한 고추를 키워서 손에 들고 왔구나!'

아버지는 실망한 듯 고개를 절레절레 저었다.

'그것은 즉, 너희 둘은 정직하지 못하여 끓인 씨앗을 신선한 씨앗으로 바꿔 넣었다는 뜻일 수밖에 없다. 단지 농장을 차지하기 위해서 내가 너희들이 아주 조그만 씨앗일 때부터 마음속에 심어 주려고 했던 가치들을 버렸다는 사실에 슬퍼하고 실망하지 않을 수 없다. 너희는 나를 속이고 거짓말했다. 그러므로 너희 둘 다 자격이 전혀 없다는 사실을 증명했다. 너희가 키운 고추가 아무리 크고 맛있어도 내 눈에는 둘 다 썩은 열매일 뿐이다.'

나이 든 농부가 말을 이었어.

'그 벌로 너희 둘 다 화분에서 당장 고추를 전부 뽑아서 날것 그대로 먹어라!'

맏이와 둘째는 고추를 먹자마자 기절했어. 그 뒤로는 거짓말도 하지 않고 고추도 절대 다시 먹지 않았지!"

알렉시스는 킥킥 웃었다.

"이 고추가 너무 매워서 기억이 머릿속으로 번쩍 돌아왔으면 좋겠어요, 할아버지!"

6. 가보

알렉시스는 불타는 고추를 통에 채우고, 할아버지가 어떤 지 살펴보기 위해 다시 침실로 돌아갔다. 할아버지는 천장을 멍하니 쳐다보고 있었다. 알렉시스는 할아버지가 정면에 보이는데도 까치발을 들고 살금살금 다가갔다.

"저 왔어요, 할아버지."

알렉시스가 속삭였다.

"아까 말하는 거 잊어버렸는데요, 이제 할아버지 기억 고치는 법 알아요!"

알렉시스는 반찬 통을 양손에 들고 흔들었다.

"할아버지가 좋아하실 것 같아서 말씀드리는데, 항상 드시는 고추도 해독제 재료예요!"

할아버지는 이전과 똑같이 대답했다.

"음… 괜찮으!"

머리를 만지고, 침대에 손을 탁.

알렉시스는 할아버지의 손을 조심스럽고 부드럽게 쥐었다.

"걱정 마세요, 할아버지. 아직은 희망이 있어요."

알렉시스는 할아버지의 손을 토닥였다.

"꼭 버티세요, 알았죠? 재료 몇 가지만 더 모으면 할아버지는 예전으로 돌아와서 세상에서 제일 황당한 얘기들을 저한테 들려주실 거예요."

그때 뭔가 반짝이는 것이 알렉시스의 눈에 들어왔다. 자세히 보니 그것은 창문 앞 마룻바닥에 떨어진 알 수 없는 베이지색 덩어리에서 나오는 빛이었다.

알렉시스는 그것을 집어 들어 손바닥에서 이리저리 돌려보았다. 그것은 우아한 나무 막대 세트였는데 막대의 길이는 각각 달랐고, 가장 짧은 것부터 가장 긴 것까지 다같이 단단히 묶여 있었다. 막대기마다 옆면에 기묘한 은색 상징이 새겨져 있어 낮의 햇살에 빛났다.

알렉시스는 이것이 무엇인지 깨달았다. 갈대 피리!

'아하! 내가 리프를 흔들었을 때 리프 주머니에서 떨어졌나

보구나!'

알렉시스는 피리를 주머니에 넣었다.

'그놈은 뭔가를 잃는 게 어떤 느낌인지 겪어 볼 필요가 있어!'

그때 문을 부드럽게 두드리는 소리가 났다. 알렉시스는 깜짝 놀라 조금 뛰어올랐다.

"아, 할머니셨군요. 할아버지한테 치료 약에 고추도 들어간다고 말씀드리고 있었어요."

할머니는 미소를 짓고 알렉시스의 어깨에 부드럽게 한 손을 올려놓았다.

"준비됐니, 우리 아가? 이제 곧 떠나야 한다."

알렉시스는 고개를 끄덕였다.

"우리 손녀는 참 용감하구나."

할머니는 침대 옆 시계를 고갯짓으로 가리켰다.

"아 그렇지, 네가 알아 둬야 할 게 있다. 시간의 강은 지구와 미스트에서 서로 다르게 흐른단다."

할머니는 설명했다.

"거기선 훨씬 빠르고 여기서는 더 느려. 미스트에서 한 시간은 지구에서는 그저 순간일 뿐이야."

할머니는 생각에 잠겨 잠시 말을 멈추었다.

"학교 갈 날이 오기 전에 네가 집에 안전하게 돌아오도록 내가 확실히 해야지."

할머니의 목소리가 갈라졌다.

"기억풀을 가져오든 못 가져오든."

"가져와요, 할머니. 꼭 **가져올 거예요**."

알렉시스가 장담했다. 할머니는 실크 손수건을 꺼내 고개를 끄덕이면서 손수건으로 눈가를 닦았다.

'할머니가 이러시는 거 적응 안 되네. 다른 얘기를 하자.'

"할머니, 어젯밤에 우선 할머니 날개부터 찾아와야 된다고 하셨죠. 그게 왜 그렇게 중요한지 한 번만 더 말씀해 주실래요?"

"우리 아가, 마법을 엮어 내려면 패리 가루가 필요한데 그 가루는 날개가 있어야만 만들 수 있어. 우리가 이제부터 시작하려는 모험에선 할 수 있는 한 모든 보호 대책을 마련해 둬야 하니까."

"알겠어요. 그런데 날개는 어디 있어요?"

알렉시스는 그렇게 물으면서 동시에 날개가 어떻게 생겼는지, 그걸 달면 할머니가 얼마나 웃겨 보일지 혼자서 생각했다. 할머니가 거위 깃털 같은 걸 등에 달고 아주 멋있어 보일 거라고는 상상할 수 없었다. 할머니가 웃으며 말했다.

"가까워. 곧 보게 될 거야!"

"와, 전 할머니가 날개를 영원히 뺏긴 줄 알았어요! 어디 있는지 내내 알고 계셨으면서 왜 진작에 가져와서 날개를 되찾지 않으셨어요?"

알렉시스가 물었다. 할머니가 장난기 어린 눈길을 보냈다.

"날개가 어디 있는지 아는 건 퍼즐의 한 조각에 불과해. 첫째로 지킴이들, 무시무시한 자들이 내 날개를 감시하고 보호하도록 지정된단다. 둘째로, 날개는 퍼즐 혹은 수수께끼로 보호받아서 먼저 그 수수께끼를 풀어야만 해. 그리고 이유가 더 있지만… 할아버지가 말씀하시듯이 그건 나중에 들려줄 이야기구나. 때가 되면, 알렉시스, 알맞은 때가 되면 들려줄게."

조그맣게 문 두드리는 소리가 집 안에 울려 퍼졌다. 현관문에서 소리가 나고 있었다. 할머니가 미소를 지었다.

"지금은 우리가 떠나 있는 동안 할아버지를 돌봐 주실 간호사 선생님들을 만나 봤으면 좋겠다. 가서 선생님들 들어오시게 문 열어 드리련, 아가야?"

알렉시스는 현관으로 가서 문을 열었다. 이상하게도 그곳에는 아무도 없었다.

알렉시스는 불러 보았다.

"저기요? 아무도 안 계세요?"

조그만 기침 소리가 아래쪽에서 들려왔다.

"안녕하세요! 우리 여기 있어요."

알렉시스는 아래를 내려다보고 깜짝 놀랐다. 알렉시스 앞에 ―무릎보다 아래쪽에― 서 있는 것은 단순한 농장용 작업복을 입고 냄비를 뒤집은 듯한 모양의 모자를 녹색 머리카락 위에 덮어쓴 조그만 요정 같은 존재들이었다. 피부가 노르스름한 녹색이라서 왠지 멀미에 시달리는 듯한 인상을 주었다.

'이분들 뭐였더라? 어… 메… 뭐였는데… 므… 메…, 아 그렇다! 므렌콩빌! 할아버지 덕분에 캄보디아에 대해 읽어 두길 잘 했지. 아 맞다, 필리핀에서는 두웬데라고 한다 그랬어. 그쪽이 발음하기가 훨씬 쉽군.'

이 작은 존재들은 많은 경우 인간의 집 가까운 곳에 사는데, 인간이 먹는 단 것을 좋아하고 사탕과 우유를 사랑하기 때문이다. 두웬데들은 수줍음이 많지만 마음이 착하고 너그러워서 가끔 인간을 위해 몰래 좋은 일을 하거나 아무도 깨어 있지 않은 한밤중에 집안일을 돕기까지 한다.

"어, 안녕하세요? 트리샤 공주님을 만나러 왔어요."

처음에 말했던 통통한 두웬데 아주머니가 말했다.

"리프에게 전갈을 받았어요. 공주님 안에 계신가요?"

알렉시스가 대답을 하기도 전에 턱수염 난 두웬데가 목소리를 높였다.

"그 못된 케니트가 또 우리를 속여 먹은 건 아니겠지?"

두웬데들은 자기들끼리 떠들기 시작했다. 두웬데 아줌마가 콧수염 난 두웬데에게 투덜거렸다.

"내가 그으으으렇게 말했잖아, 그 케니트는 믿으면 안 된다고! 그런데 아아아아니, 댁이 트리샤 공주님 손 글씨니까 꼬오옥 가야 된다고 그랬지!"

또 다른 당당한 두웬데 아주머니가 거들었다.

"그래! 그 사기꾼은 예전에도 뭘 위조한 적이 많다고!"

"사기니 위조니 나한테 가르치려 들지 마시죠!"

콧수염 난 두웬데가 반박하며 고함쳤다.

"아줌마 앞니는 진짜 금도 아니잖아요!"

떠드는 소리는 이제 티격태격 말다툼으로 번졌다. 더 큰 고함과 심지어 신발 한 짝도 왼쪽 오른쪽 위아래로 날아다녔다. 이 귀여운 광경을 즐기며 구경하면서도 알렉시스는 시간이 없어 빨리 떠나야 한다는 사실을 알고 있었다.

"아니, 아니, 아니. 진정하세요, 여러분. 다들 안심하세요, 이번에는 리프가 진실을 말했어요."

굉장한 안도의 한숨이 합창처럼 주위에 울려 퍼졌다. 알렉시스는 한껏 즐거워하며 이 조그만 두웬데들을 집 안으로 안내했다.

할머니가 안내를 이어받아 두웬데들에게 집 안을 보여 주고 미리 준비해 둔 할 일 목록과 기억해 둘 점, 주의 사항을 알려 주었다.

두웬데들이 자리를 잡고 나서 할머니는 창가에 서서 손녀에게 오라고 손짓했다. 창가로 가면서 알렉시스는 새삼 놀라워했다.

'어제까지는 할머니랑 한 번에 다섯 단어 이상 말을 섞어 본 적도 없는데…. 그냥 안녕히 주무셨어요, 할머니, 네, 괜찮아요, 고마워요, 저녁 잘 먹었어요, 할머니, 그뿐이었어. 그런데 오늘은 모르는 세상으로 같이 모험을 떠나려 하고 있어! 너무 신기하다!'

두웬데들이 모여서 할아버지를 들어 (물론 마법을 이용했다. 그렇지 않으면 할아버지의 무게에 깔려 버릴 테니까) 할아버지가 가장 좋아하는 텔레비전 앞 까만 1인용 소파로 옮기는 중이었다. 두웬데 하나가 복도를 걷다가 중간에 멈추고 할머니에게 아주 귀엽게 고개 숙여 인사했다. 할머니는 고개를 끄덕여 답하고 알렉시스에게 말했다.

"너도 저 두웬데들과 함께 집에 남아 있었으면 했단다, 아가야. 그렇지만 네가 너무 고집스럽게 같이 가겠다고 하니까 안 된다고 할 수 없었어. 너도 계속 이사 다니며 학교와 집에서 여러 가지 변화를 겪었으니까 모험을 한 번쯤 해 보는 것도 좋겠지."

알렉시스는 입을 꼭 다물고 아무 말도 하지 않았다. 머릿속에서 할아버지가 했던 말이 떠올랐다.

"나는 쿨하고 할머니는 괜찮지."

그 기억에 알렉시스는 미소를 지었다.

'정말로 할머니는 괜찮은 것 같아.'

할머니가 말을 이었다.

"너를 안전하게 지켜 줄 물건을 하나 주겠다고 내가 어제 말한 거 기억하니?"

알렉시스는 고개를 끄덕였다. 할머니는 원피스 주머니에 손을 넣어 정교하게 금테를 두른 수정병을 꺼냈다. 수정병은 햇빛을 받아 수천 개의 다이아몬드처럼 빛났다.

알렉시스는 눈이 부셔 손으로 가렸지만 반짝이는 수정이 너무 예뻐서 계속 엿볼 수밖에 없었다. 할머니가 미소 지으며 설명했다.

"이 병은 한때 내 어머니이신 여왕님의 것이었어. 어머니는 결혼 선물로 난쟁이족에게 이 병을 받았는데, 난쟁이족의 왕실 광산에서 캐낸 희귀한 수정을 깎아서 만든 것이란다."

할머니는 양손으로 수정병을 감싸고 그늘 안으로 손을 내렸다. 병은 여전히 반짝였다!

"이 수정은 땅속 아주 깊은 곳에서 햇빛에 굶주렸기 때문에 아주아주 작은 빛이라도 담아서 붙잡아 굴절시키고 그런 다음엔 백 배나 확대하고 반사하지. 아주 예쁜데다 굉장히 강해. 그리고 깨지지 않아. 게다가 이 병 안쪽은 겨울에도 얼지 않고 여름에도 뜨거워지지 않아. 중요한 걸 담기에 딱 좋잖니. 패리 가루 같은 거!"

수정병의 뚜껑을 열고 할머니는 내용물─노랗고 반짝이는 가루─을 다른 보통병에 반만 쏟아 넣었다. 할머니는 알렉시스에게 눈을 찡긋해 보였다.

"응급 상황을 대비해서 날개를 떼기 전에 몰래 가루를 좀 모아 뒀단다. 하지만 아주 아껴야 해, 몇 번 쓸 분량밖에 남지 않았거든."

할머니는 보통병을 주머니에 넣었다.

"이건 내 거고⋯."

할머니는 수정병의 마개를 닫았다.

"이건 네 거야."

알렉시스는 할머니가 자신의 손에 반짝이는 수정병을 쥐여 주자 조그맣게 탄성을 질렀다.

"잘 간직해라, 아가야. 네 증조할머니가 나한테 물려주셨듯이 내가 이제 너한테 물려주는 거야."

알렉시스는 아름다운 가보를 손에 쥐면서 심장이 쿵쿵 뛰는 것을 느꼈다. 무슨 말을 해야 할지 알 수 없어서 할머니를 온 힘을 다해 꽉 껴안았다. 할머니는 미소 지었다.

"이젠 네 거야, 아가야. 응급 상황을 대비해서 항상 주머니에 넣어 둬라. 만약, 만약에, 그러면 안 되겠지만 혹시나 위험한 일을 당하면 가루를 한 줌 꺼내서 네 머리 앞에 뿌리는 거야. 눈을 감고 가고 싶은 곳을 정확히 떠올려. 예를 들어 집에 오고 싶다면 이 거실을 상상해라. 그런 다음에 네 눈앞의 허공에 세로로 선을 그어라, 여기서부터…."

할머니가 보여 주었다.

"이 아래까지. 그러면 미스트 포털이 열릴 거야. 그 열린 곳으로 들어가면 눈 깜짝할 사이에 이곳으로 돌아오게 돼."

알렉시스는 고개를 끄덕였다.

"가루 한 줌으로 딱 한 번씩 이동할 수 있어. 그 안에 아마두 줌 정도밖에 안 들었을 테니까 두 번밖에 이동할 수 없단다. 꼭 기억해라."

할머니가 주의를 주었다.

"항상 조심하고, 언제나, 언제나 그 안에 최소한 한 번 이동

할 만큼은 가루를 남겨 둬야 해. 집에 돌아와야 하니까."

"네, 할머니."

"자, 이제 할아버지한테 인사하자. 빨리 떠나야 해."

할아버지는 베개와 쿠션을 받친 채 할머니가 손으로 직접 꿰맨 누비이불을 따뜻한 고치처럼 두르고 소파에 편안하게 앉아 있었다. 두 사람은 할아버지에게 다가갔다.

할머니는 몸을 숙여 할아버지의 이마에 입 맞추었다. 그런 뒤 귀에 뭔가를 속삭이고 오랫동안 꼭 껴안아 주었다. 마침내 할머니는 할아버지의 입술에 한 번 더 입 맞추고 나서 할아버지를 놓아 주었다.

"물품을 점검해야겠다."

할머니는 갑자기 성큼성큼 걸어서 거실을 나가 버렸다. 나가면서 할머니는 훌쩍거렸다.

알렉시스는 소파로 다가가서 할아버지를 꼭 껴안았다. 그리고 눈물을 닦았다.

"할아버지, 저 약속할게요. **꼭** 치료 약을 찾아내서 할아버지를 낫게 해 드릴 거예요."

할아버지는 두 사람에게 흐릿한 미소를 지어 보이고 하품을 하더니 눈을 감고 낮잠에 빠졌다.

MIST BOUND

PART _ 02

미스트를 향해

7. 무시무시한 지킴이

두웬데들에게 도와줘서 고맙다고 다시 한번 인사한 뒤 두 사람은 다시 숲으로 향했다. 할머니가 앞장서서 방향을 잡고 반쯤 헐벗은 나무들과 발그스름하게 부끄러워하는 덤불을 지나 꿋꿋하게 나아갔다.

'흠, 이 길은 익숙해 보이는데.'

나뭇잎 깔린 땅은 아침 이슬에 흠뻑 젖어 부드럽고 물렁물렁해서 마치 두 사람이 와 주기를 기다리는 누군가가 갈색 카펫을 깔아 놓은 것 같았다.

'맞아, 이건 내가 물장난을 자주 하는 시내야! 잠깐, 내가 생각하는 거기로 가는 건가?'

마침내 둘은 알렉시스가 아주 잘 아는 공터에 가까워졌다.

'내 은신처다! 하지만 여긴 막다른 길인데! 저기엔 바위하고 돌밖에 없어!'

알렉시스가 이런 의견을 입 밖으로 내어 말하려던 찰나 또 하나의 익숙하지만 전혀 유쾌하지 않은 광경을 알아챘다.

리프가 공터로 들어가는 길목에 서서 초조하게 손가락을 팔꿈치에 대고 두드리고 있었다.

할머니가 공터로 들어가자 리프가 고개를 숙여 인사했다.

알렉시스가 다가가자 리프는 쿵쿵 코를 움직였다.

"시간이 많이 걸렸네. 분유병 찾느라고 그랬니?"

"너나 기저귀 챙기라고 내가 그랬지. 네 분유병도 가져다줄까? 그리고 찾는다니 말인데 이거 네 거 같다. 받아!"

알렉시스는 주머니에서 갈대 피리를 꺼내 리프에게 던져 주었다.

리프는 영문도 모른 채 피리를 받았고 눈이 튀어나올 듯이 휘둥그렇게 되었다.

"어어! 이거 밤새 찾아다녔는데! 이 도둑!"

"내가 그걸 훔칠 생각이었으면 지금 너한테 돌려주진 않겠지, 안 그래?"

알렉시스가 코웃음을 쳤다.

그런 뒤에 알렉시스는 할머니 쪽을 바라보았는데 할머니는 이미 둘의 대화가 들리지 않는 곳까지 들어가 있었다.

"경험 많은 도둑들이 어떤 식으로 생각하는지 내가 어떻게 알겠어? 혹시 보상이라도 바란 거야?"

"아냐! 네가 그 멍청한 막대기를 어젯밤에 떨어뜨리고 갔잖아, 이 멍청아! 그러니까 넌 나한테 감사해야 한다고. 으으으! 그 피리 따위 진짜로 그냥 쓰레기통에 버렸어야 했는데."

"쓰레기!"

리프가 컥컥거렸다.

"너는 정말 문화적 교양이 없구나. 이 멍청한 '막대기'로 말할 것 같으면 말이지, 이건 마법에 걸려 있다고. 나 같은 케니트가 이걸 불면 세상에서 가장 아름다운 음악이 흘러나온단 말이다."

알렉시스는 믿을 수 없다는 듯 눈썹을 찡그렸다. 리프가 피리로 알렉시스 쪽을 가리켰다.

"다른 존재, 예를 들어 너의 그 더러운 도둑질하는 손에 들어가면 그냥 보통 소리가 나. 게다가 잘못 불면 —이 두꺼운 쪽에서 불게 되면— 충격받아 기절할 정도로 상상할 수도 없는 최악의 시끄러운 소리가 퍼져 나온다고! 그러니까 다시는 건드리지 마라. 도둑!"

"입 다물어. 네 물건 따윈 갖고 싶지도 않아. 난 네가 여기 있는 것도 싫다고!"

알렉시스는 씩씩거리며 성큼성큼 걸어가서 공터 한가운데까지 들어간 할머니를 금세 따라잡았다.

공터 안에는 알렉시스가 자주 오던 돌 언덕이 있었다. 졸졸 소리내는 시냇물이 언덕 기슭을 반쯤 휘감아 돌았다. 상록수와 풍성한 고사리에 둘러싸인 그곳은 책 읽기에 완벽한 장소였다. 한쪽에는 언덕 꼭대기부터 아래쪽까지 이끼로 뒤덮인 거대한 바위 무더기가 마치 돌 폭포처럼 쌓여 있었다. 알렉시스는 책으로 무장하고 그 돌무더기에 편안하게 앉아서 몇 시간이고 책장 속에 파묻혔다.

"내 오랜 친구가 집에 있는지 보자."

할머니가 바위에 다가가 불렀다.

"비리! 거기 있어? 비리, 나야!"

한동안 할머니의 목소리만 숲에 울려 퍼졌다. 그러더니 바위 무더기가 우르릉 움직이기 시작했다.

'지진?'

알렉시스는 겁에 질려 주위를 돌아보았다. 그러나 할머니는 전혀 아랑곳하지 않는 것 같았다.

갑자기 동그란 바위가 다른 돌덩이를 조금씩 젖히며 톡 튀어나왔다. 그리고 알렉시스의 발 바로 옆까지 데굴데굴 굴러 내려오는 바람에 알렉시스는 반사적으로 펄쩍 뛰어 몸을 피했다.

바위에서 세 개의 구멍—위쪽에 작은 구멍 두 개, 그리고 아래쪽에 좀 더 큰 공간—이 열렸다.

알렉시스는 그 구멍이 한 쌍의 눈과 입이라는 것을 깨닫고 깜짝 놀랐다!

뒤이어 울퉁불퉁한 조약돌로 뒤덮인 팔과 다리가 쑥 튀어나왔다.

바위는 똑바로 섰을 때 알렉시스의 무릎 정도 키였다. 알렉시스는 그 바위가 아주아주 귀엽다고 생각했다.

'앗! 나 이거 알아! 할아버지가 예전에 편지에 그려서 보내 주셨어. 아냐, 이름이 뭐였더라?'

바위는 눈을 가늘게 뜨고 할머니를 잠시 쳐다보더니 곧 반갑다는 듯 깔깔 웃음을 터뜨렸다.

"공주님! 너무 오랜만이에요! 미안해요, 햇빛 아래서는 눈이 잘 보이지 않는 거 아시잖아요. 곧바로 알아볼 수가 없었어요."

"괜찮아. 그래, 꽤 오랜만이구나, 친구."

할머니가 따뜻하게 대답했다.

"비리, 이쪽은 내 손녀 알렉시스야. 그리고 알렉시스, 이쪽은 내 친구 비리야. 미스트 바깥에서 가장 믿음직하고 용감한 바투안이지!"

'아, 그거다! 바투안! 바위족!'

비리는 기쁜 듯이 웃었다.

"아이참 공주님도. 우린 미스트에서 아주 멀리 떨어져 있어요. 여기서 바위족은 아마 저 하나밖에 없을걸요, 공주님도 그 이유는 아시잖아요!"

"내가 어떻게 그걸 잊겠어! 고마워, 비리. 여기까지 와 주고 이제까지 내내 날개를 지켜 줘서 정말 고맙다."

귀가 쫑긋해진 알렉시스는 할머니에게 속삭였다.

"쟤가 지킴이예요? 테멩 왕이 무시무시한 괴물한테 날개를 지키도록 시켰다고 말씀하셨잖아요? 하지만… 하지만… 저 바위는 너무 귀여운데요!"

리프가 어째서인지 알렉시스 바로 뒤에 바짝 다가와 있다가 코웃음을 치더니 속삭였다.

"쟤 방귀 냄새 맡을 때까지 기다려 봐라! 그게 얼마나 무서운데!"

알렉시스는 여전히 리프에게 짜증이 나 있었으므로 자기도 모르게 웃으려다가 참았다.

'이 케니트가 왜 이렇게 나한테 바짝 붙어 서 있지? 귀찮은 놈.'

할머니의 눈이 반짝 빛났다.

"아아, 비리의 마음을 상하게 하지 마라! 비리는 세상에서 가장 강하고 가장 용감하고 가장 헌신적인 지킴이니까!"

할머니는 비리를 향해 몸을 돌렸다.

"내가 드디어 날개를 찾으러 왔어. 부탁인데 우리를 날개가 있는 곳으로 데려다주련?"

"어머? 드디어 집에 가기로 하신 거예요? 다행이에요!"

비리가 손뼉을 치다가 갑자기 말을 멈추었다.

"어머, 아이고, 어머. 날개죠. 그렇죠. 네, 네, 네. 날개요."

비리가 말을 더듬었다.

"네. 물론, 물론, 물론이죠. 그런데요, 어, 음, 아주 살짝, 조그만 문제가 있어요."

"문제?"

할머니가 의심스럽다는 듯 한쪽 눈썹을 치켜올렸다.

"아, 음, 제가 말을 잘못했네요. 그러니까 아마 진짜로, 진짜 문제는 아니고요. 제 말씀은, 그러니까 드리려던 말씀은 진짜로 조그만 일인데요. 걱정 마세요, 걱정 마세요, 공주님 날개는 안전하게, 공주님의 아버님이 저에게 명하신 그 자리에 그대로 있어요. 네, 네, 걱정 마세요, 공주님, 안전하게 잠가 두었어요. 저 아래 깊은 곳, 제 굴속에요. 그렇지만… 그렇지만…."

비리는 진심으로 민망해하는 것 같았다. 그리고 말을 멈추고 숨을 돌렸다.

"그런데 바로 어젯밤에 어느 쓸모없는 케니트가 저한테 주문을 걸어서…."

'쓸모없는 케니트? 헤, 나 그거 누군지 아는데!'

"그 주문 때문에 저는 완전한 어둠과 좁고 작은 공간이 무서워졌거든요. 그래서 이제는 제 집마저도 너무 겁이 나요! 완전히 깜깜한 어둠 속에서만 완벽하게 잘 볼 수 있는데도요! 정말 너무 말이 안 되지만 그래요! 집 안이 텁텁해서 겁이 나는 건지, 아니면 인테리어 장식이 너무 허접해서 무서운지 저도 모르겠어요."

불쌍하게도 완전히 당황해 버린 비리가 한숨을 쉬었다.

"정말 죄송해요, 공주님. 그렇지만 혼자 들어가셔야겠어요. 네, 그리고 날개를 내어 드리려면 공주님이 공주님이라는 걸 증명할 수 있는 관례적인 도전 문제도 드려야 하고요. 그렇지만 그 문제는 여기에서도 말씀드릴 수 있어요. 제가 굳이 그 아래로 내려가야 할 필요는 없지요. 아니, 저는 제 침실로 가는 것조차 너무 무서워서 공주님과 함께 굴 속으로 들어갈 수 없어요. 그래서 공주님이 오셨을 때 제가 이 바깥에 있는 문가에서 자고 있었던 거예요."

비리는 숨을 돌리고 마침표 대신에 큰 소리로 한숨을 내쉬어 이 기다란 횡설수설을 끝맺었다.

그때쯤 리프가 뒤에 너무 바짝 서 있어서 알렉시스는 팔뚝 뒤에서 리프가 내뿜는 뜨거운 숨을 느낄 수 있을 정도였다.

'뭔가 확실히 수상한 냄새가 나. 리프가 뭔가 숨기고 있어.'

"혹시 말인데, 이 케니트가 너한테 그 주문을 걸었어?"

알렉시스는 큰 소리로 비리에게 물으며 옆으로 한 걸음 물러나 리프의 모습을 드러냈다.

'아니면 혹시… 리프가 숨어 있으려고 했던 건가!'

리프의 얼굴이 새빨간 색으로 물들었다.

"이런, 고자질쟁이님! 정말 감사하네요!"

리프가 으르렁거렸다.

비리는 눈을 가늘게 뜨고 리프를 열심히 들여다보고 킁킁 냄새를 맡았다.

그리고 잠시 멈추었다.

조약돌 모양 코가 계속해서 움찔움찔 움직였다. 곧 알겠다는 표정이 비리의 얼굴에 떠올랐다.

다음 순간 비리는 폭발했다.

"너다! 이 못된 놈! 이 끔찍하고 썩어 빠진 못돼 먹은 놈아!"

리프는 할머니를 향해 몸을 돌리고 분노에 가득 차서 양팔을 휘둘렀다.

"전하, 어젯밤에 분부하신 대로 두웬데를 찾으러 가는 길이었습니다. 사방이 완전히 깜깜하고 달빛조차 한 줄기도 없었어요! 너무 무섭고 당장이라도 돌아가고 싶었다고요. 전하의 높으신 분부를 따르고자 하는 저의 헌신과 용기가 아니었다면 돌아섰을 겁니다! 그래서 저는 계속 갔습니다. 그런데 갑자기 ─정말 하늘에서 뚝 떨어진 듯─ 이 이끼투성이 돌덩어리가 튀어나와서 데굴데굴 구르더니 제 얼굴에 방귀를 뀌었어요! 너무 놀라서 양말에서 튀어나갈 뻔했어요. 양말 같은 건 안 신고 있었는데도 말입니다!"

"어쩌다 보니까 그렇게 된 거야! 어어⋯어쩌다 보보보보니까!"

분노한 비리가 다시 말을 더듬으며 외쳤다.

"그그그리고⋯ 과장하지 마. 난 그저 아주 조조조⋯조그만 바위라고! 난 땅콩도 으으으으으깰 수 어어어없단 말이야!"

"하! 쌤통이다! 난 정당하게 나 자신을 방어했을 뿐이야!

네가 어둠 속에서 날 무섭게 했으니까, 난 네가 어둠을 무서워하게 만든 거라고!"

"그거… 그그그그그건…. 너무 모모모모못됐어! 내가 미미미…미안하다고 했잖아!"

할머니가 공중에서 양손을 흔들고 관자놀이를 문질렀다.

"그 정도면 됐다, 둘 다! 리프, 당장 주문을 풀어!"

리프는 부루퉁한 채 그대로 서 있었다.

"쳇!"

그러고는 이를 악문 채로 내뱉었다.

"알았어요!"

리프는 히죽 웃으며 비리를 향해 돌아섰다.

"이건 쉬워. 그냥 너의 두려움을 마주하기만 하면 주문은 저절로 사라질 거야."

"두두…두두…두려움을 마마마…마주하라고?"

비리의 이가 달달 맞부딪치기 시작했다.

"그그…그러니까, 내내…내가 저 아아…아래 굴…소소속…으로 드드…들어가야 한다고?"

이끼에 덮인 비리의 회색 얼굴이 창백해질 수 있었다면 아마 종잇장처럼 하얗게 질렸을 것이다.

"그거야! 자 이제 가 봐, 얼른!"

리프가 재촉했다.

"아니, 리프."

할머니가 명령했다.

"우리 모두 함께 간다. 두려움은 언제나 친구들과 함께 마주하는 게 쉬우니까."

이제는 리프의 얼굴이 창백해질 차례였다.

"싫어요오오오! 전 좁고 어두운 데는 질색이라고요!"

"떼쟁이 어린애구나!"

알렉시스가 기뻐하며 비웃었다.

"쌤통이다. 기저귀를 가져오는 편이 좋았겠네. 분명히 오줌 쌀 테니까."

리프는 뒷걸음질을 치면서 계속해서 항의했다.

"저는 여기 이 밝고 열린 공간에 안전하게 남아 있을 테니까 안녕히 다녀오세요. 제가 항상 하는 말이지만 문제가 문제를 일으킬 때까지는 문제를 문제로 만들지 말아야 해요!"

할머니는 리프의 주장을 전혀 받아들이지 않았다.

"리프, 네가 우리한테 문제를 일으킨 장본인이야. 그리고 우리와 함께 가지 않으면 너야말로 정말 큰 문제를 맞닥뜨릴 거다."

리프는 고개를 푹 숙이고 발을 질질 끌며 어쩔 수 없다는 듯 동굴 탐험대에 합류했다.

비리가 바위를 몇 개 더 밀어 입구를 넓혔다. 곧 할머니도 들어갈 수 있을 정도로 입구가 넓어졌지만, 천장이 낮아서 앞으로 몸을 푹 숙여야 했다. 알렉시스는 동굴 터널 안을 바라보며 놀라워했다. 이 돌무더기에서 모험 소설을 몇 권이나 읽었지만 바로 아래에 진짜 모험이 뻗어 있으리라고는 상상도 하지 못했다.

"그렇죠. 제가 손전등을 켤게요, 잠깐만요."

리프가 희망차게 제안했다.

알렉시스는 할머니를 바라보았다.

"하지만 불빛이 있으면 비리는 자기 두려움을 마주하는 게 아니니까 주문이 풀리지 않는 거 아닌가요?"

할머니가 고개를 끄덕였다.

"알렉시스 말이 맞아. 손전등도 불빛도 안 돼."

투덜거리는 소리가 케니트 혹은 바위족, 혹은 양쪽 모두에게서 들려왔다.

할머니가 말을 이었다.

"우리 모두 손을 잡고 한 줄로 걸어 들어간다. 비리, 어둠 속에서 볼 수 있는 건 너뿐이니까 네가 앞장을 서라. 리프, 네가 다음이다. 그리고 알렉시스, 우리가 돌아올 때까지 여기서 기다릴 생각은 혹시 없니?"

알렉시스는 고개를 저었다.

"절대 안 돼요, 할머니! 저도 같이 가요. 하지만 제가 마지막으로 갈게요."

알렉시스는 리프에게 혀를 메롱 내밀어 보였다.

"왜냐하면 저놈 손은 잡기 싫거든요!"

8. 세상을 도는 경주

'아아, 다디달고 사랑스럽고 시원하고 신선한 공기. 너무 그립구나!'

땀방울이 알렉시스의 코를 타고 뚝뚝 떨어졌다. 알렉시스는 다시 햇빛 아래로 나가고 싶어서 견딜 수 없었다.

알렉시스가 땅굴 안에 들어와 본 것은 이번이 처음이었다. 그리고 이번이 마지막이기를 바랐다.

손으로 더듬어 길을 찾아야 했다. 발 아래, 머리 위, 주변, 그리고 손톱 밑까지, 전부 다 자갈뿐이었다.

그냥 까맣고 어둡고, 어둡고 까맣다.

들리는 소리라고는 (대부분 리프가) 가끔 발이 걸려 불평하는 소리와 (리프와 비리가) 울면서 칭얼거리는 소리뿐이었다. 공기는 희박하고 탁하고 습했다. 알렉시스가 굳이 구분하고 싶지 않은 냄새들이 퀴퀴하게 엉켜 있었다.

그러나 이 모든 것은 리프가 전에 경고했던 일의 예고편을 경험하고 나서는 아무것도 아니게 되었다.

바로 바위족의 트림이다.

"으어어어어!"

비리가 트림을 하자 모두 한목소리로 외쳤다.

'바위가 트림했을 뿐인데 저런 냄새가 나면 방귀 냄새를 맡았다간 죽어 버릴 거야!'

"어머나! 미미미…미안! 나 부부부부…불안하면 가가가가…가스가 자자자…자꾸 차요."

비리가 사과했다.

"너, 엉덩이에서는 절대로 아무것도 뿜어내지 마라!"

리프가 신음하기 시작했다.

"오오오… 나 토할 것 같아…."

알렉시스는 구역질을 하다가 즉시 입을 막았다.

"안 돼! 참아! 나까지 토할 것 같단 말이야!"

할머니가 서둘러 '밤의 여왕' 향수를 꺼내 주변에 아낌없이 뿌렸다. 그 덕에 문제가 해결되었다.

영원 같은 시간이 지난 뒤에 비리가 멈추라고 소리쳤다. 땅굴 끝에 도달한 것이다.

'드디어. 예전엔 폐소 공포증이 없었는데 이제는 생길 것 같아.'

"만세에에에!"

바위족이 외쳤다.

"다 왔다! 다 왔다! 그리고 나 나았어! 다 나았다! 이젠 겁나지 않아!"

알렉시스는 비리가 옆으로 밀치고 지나가며 이상하게 몸을 비트는 것을 느꼈다.

'어… 이 조그맣고 웃긴 조약돌 요정이 춤추면서 주위를 빙빙 도는 건가?'

"야! 내 손 놓지 마!"

리프가 소리치고 주변을 미친 듯이 더듬었다.

"난 아직 어두운 게 무섭다고! 도로 이리 와! 너 어디 갔어?"

"어머, 미안! 내 정신 좀 봐. 이젠 다들 불 켜도 돼."

비리가 열심히 사과했다.

알렉시스는 배낭에서 손전등을 꺼내 불을 켰다. 이제는 조그만 바위족이 자기한테만 들리는 음악에 맞추어 기묘한 춤을 추는 모습을 볼 수 있었다.

'록 음악이겠지.'

알렉시스는 생각하며 혼자 웃고 주위를 둘러보았다. 그들이 도달한 곳은 커다란 방이었는데 주위의 돌벽은 아름다운 자연 풍경과 생물체들을 새긴 정교한 조각들로 장식되어 있었다. 그 조각 속 풍경과 생물체들은 어떤 것은 낯익었지만 어떤 것은 낯설었다.

방 한가운데 돌기둥이 있었다. 그 기둥은 장엄한 패리 왕과 왕비가 나란히 왕좌에 앉아 있는 모습을 새긴 화려한 조각으로 장식되어 있었다.

'완전. 대박. 쿨.'

방 끝에는 거대한 상자가 놓여 있었으며 그 상자 위에 엄청나게 커다란 생물체가 걸터앉아 있었다.

생물체의 몸체와 발톱 달린 발은 사자 같았지만 머리는 용이었다. 이마에 뿔이 솟아 있었고 엉덩이에는 갈라진 꼬리가 달랑달랑 매달려 있었다. 상당히 특이하게도 다리마다 뒤편에 깃털 달린 날개가 나와 있었다.

알렉시스는 중국 민담에 나오는 이 생물체를 당장 알아보았다. 그것은 보물을 지키는 무시무시한 괴물인 비휴였다!

다행히도 이것은 그저 돌로 깎아 만든 조각상이었다.

비리가 춤추다 말고 멈추었다.

"어머머머, 잊어버릴 뻔했네! 여기 날개를 찾으러 오셨죠, 공주님! 맞아요. 지킴이 임무로 돌아가야지!"

비리는 상자 옆으로 척척 걸어가서 숨을 들이쉬고 가슴을 부풀렸다.

"다가와서 신원을 밝혀라."

비리가 지킴이다운 깊은 목소리로 고함쳤다. 그리고 비리는 할머니에게 속삭였다.

"여기서 공주님이 누구고 여기에 왜 오셨는지 말씀하시면 돼요."

할머니는 고개를 끄덕이고 한 걸음 앞으로 나섰다.

"나는 패리의 왕인 테멩의 딸 트리샤다. 나의 날개를 되찾으러 왔다."

'그렇지. 테멩 왕. 그냥 나에겐 그냥 평범한 증조할아버지야. 멋져.'

"깨어나라, 날개를 지키는 자여! 눈을 뜨고 일어나라!"

비리가 명령했다.

'잠깐, 저 바위가 누구한테 말하는 거야?'

비리의 목소리에 비휴가 번쩍번쩍 빛나기 시작했다!

방 안이 환한 노란빛으로 밝아졌다.

"엄마야!"

알렉시스는 그 강렬한 빛에 익숙해지기 전까지 눈을 가리고 있어야 했다. 다시 앞이 보이게 되었을 때 알렉시스는 겁에 질려 뒤로 물러났다.

조각상은 분명 돌이었지만 이제는 금으로 변했고, 그리고….

'세. 상. 에. 설마 아니겠지.'

날개를 펄럭였다!

알렉시스의 입이 떡 벌어졌다. 리프는 유리도 깰 것 같은 높은 소리로 새된 비명을 질렀다.

"비휴… 살아 있어!"

알렉시스가 외쳤다.

"내 귀여운 반려동물에게 인사해. 이름은 '징'이야!"

비리가 자랑스럽게 선언했다.

"으르르르러어엉!"

별로 귀엽지 않은 비휴인 '징'이 뱀 같은 머리를 흔들며 위협적으로 포효했다. 튀어나온 근육이 뭉쳤고 비휴는 당장이라도 뛰어 덤벼들 것 같았다. 리프가 다시 비명을 질렀다.

'이상하다. 다들 왜 이렇게 침착하지?'

"어, 왜 다들 도망 안 가요? 이 괴물 채식주의자예요?"

"아니, 그 반대야!"

비리가 고개를 저었다.

"하지만 채식주의자를 먹는 건 좋아해."

공기 냄새를 맡더니 거대한 괴물이 다시 한번, 아까보다 더 크게 포효했다.

"으르르르르러어엉!"

음식 냄새를 맡은 것이다.

"으아아아악! 쟤들 먹어! 난 살이 없다고!"

리프가 날카로운 비명을 지르며 문 쪽으로 튀어 나갔다. 할머니가 옆으로 쏜살같이 달려 지나가는 리프를 붙잡았다. 리프는 발버둥 치며 고함을 질렀다.

"내 명령을 지키려는 너의 용기와 헌신은 어떻게 됐니, 음? 걱정 마. 징은 아무도 안 먹는다…. 여기 우리 비리가 먹으라고 하지 않으면."

"오오오오, 그거 굉장히 끌리는데요."

비리가 킥킥 웃고는 덜덜 떠는 리프를 향해 코웃음을 쳤다.

"전에 어떤 케니트가 말했듯이, 난 그냥 정당하게 나 자신을 방어할 뿐이네요!"

할머니가 알렉시스에게 미소를 지었다.

"내가 날개를 지키는 무시무시한 괴물들에 대해서 경고하지 않았니? 비리 혼자만 지키는 건 아니야. 하지만… 다시 말하지만 겁낼 것 없어. 이 비휴는 짖기만 하지 물지는 않으니까. 그저 보물을 탐내는 자들을 겁주려고 할 뿐이야."

할머니는 다시 비리를 바라보았다.

"자 그만하면 실컷 놀았다, 비리. 이제 할 일을 해야지."

"아, 네, 죄송해요. 어디까지 했더라? 아! 상자를 열기 위해서는 도전 문제를 해결해야 합니다. 여러분은 우선 징과 경주해서 이겨야만 합니다. 세상을 도는 경주에서요! 세 분 중에서 아무나 해결하기만 하면 되는 것 같아요, 설명서가 그렇게 자세하지가 않아서요."

"뭐라고? 세상? 그러니까 세상 전체?"

알렉시스는 믿을 수 없었다.

"아니 그러니까 말 그대로 지구 전체를 돌고 오라고? 완전 미쳤어!"

"어, 미안해."

비리가 어깨를 움츠렸다.

"내가 생각하기에도 좀 너무한 것 같긴 해. 사실 저 케니트는 다리가 너무 짧아서 애초에 달리기를 할 수 있을 것 같지도 않고."

리프는 할머니의 다리 사이에 안전하게 자리 잡은 채 바위족을 죽일 듯이 노려보았다.

"그렇지만 이 도전 문제는 내가 만든 게 아냐. 난 그냥 전달만 할 뿐이야."

비리는 ─바위 요정이 할 수 있는 한─ 얼굴을 찡그렸다.

"에휴, 사용 설명서를 버리지 말고 둘 걸 그랬네."

비리가 머리를 긁적였다.

"말이 나왔으니 말인데 테멩 왕은 이 도전을 말 그대로 받아들여야 한다고 확실히 지시한 적이 없어요. 이건 나중에 테멩 왕께 물어봐야겠네요."

비리는 턱을 톡톡 치면서 고민하더니 결정했다는 듯 고개를 끄덕였다.

"그때까지는 이 문제를 원하시는 대로 해석하셔도 괜찮을 것 같아요!"

비리는 주위를 둘러보더니 마치 테멩 왕이 자기 말을 들을 수 있는 것처럼 속삭였다.

"공주님이 제 두려움을 극복하도록 도와주셨으니까 저도 공주님께 그냥 상자를 열어 드리고 싶은 마음이지만 명령은 명령이니까 어쩔 수 없죠. 그렇지만 있잖아요, 이 경주에서 공주님 먼저 가시고 십 분 있다가 징을 놓아줄게요. 괜찮죠?"

"이건 도저히 불가능해!"

알렉시스는 절망했다. 할머니가 손녀에게 미소 지었다.

"기운 내라, 아가야. 우리 모험 중에 아마 풀어야 할 게 있을 거라고 내가 미리 얘기해 줬지?"

'그랬어요?'

알렉시스는 기억 속을 열심히 헤집었다.

'아, 그렇지.'

"네, 할머니, 수수께끼요."

"바로 그거야. 우리 미스트 사람들은 수수께끼를 좋아해. 인간은 귀중품을 안전하게 보호하기 위해서 자물쇠를 사용하지만 우리는 수수께끼나 실험을 더 좋아한단다. 그래, 이것도 그런 거야. 아버지는 아무나 내 날개를 가져갈 수 없도록 확실히 해 두고 싶으셨을 거야."

할머니가 말을 이었다.

"그러면 네가 한번 해 보는 게 어떻겠니. 아니면 뛰어 본다고 해야 하나?"

"어… 아뇨…. 먼저 하세요. 할머니, 전 수수께끼 못 풀어요."

할머니가 고개를 저었다.

"해 보지도 않으면 절대로 못 풀지. 할아버지가 말씀하시듯이 마주치는 모든 것을 바꿀 수는 없지만, 세상 대부분은 마주하지 않으면 바꿀 수가 없어."

할머니가 한 팔로 알렉시스의 어깨를 감쌌다.

"해 봐라, 아가야. 넌 할 수 있어. 모험을 계속하다 보면 더 많은 도전 문제들을 풀어야 할 거야. 그러니까 이건 좋은 연습이 될 거야."

할머니가 따뜻하게 알렉시스의 어깨를 꼭 끌어안았다.

"그리고 긴장 풀어. 이거 하나 틀려도 별일 없을 거야. 어찌 됐든…."

할머니의 눈이 장난스럽게 반짝 빛났다.

"저 비휴는 리프만 잡아먹을 테니까."

리프가 간신히 미소를 지었다.

"아주 재미있는 농담이십니다, 전하. 하하! 하…."

알렉시스는 한숨을 쉬었다.

"좋아요, 할머니. 망해도 전 몰라요."

"농담이시죠, 그렇죠? 그렇죠? 트리샤 공주님?"

리프가 끈질기게 물었다.

'자 그럼, 집중하자.'

알렉시스는 눈을 감고 생각했다.

'할아버지의 기억이 영원히 사라지기 전에 세상을 뛰어서 한 바퀴 돌고 돌아오려면 어떻게 해야 할지 알아내면 돼. 아

맞다, 그것도 비휴보다 빨리 해야 되지. 아아아주 쉬이이이 입…지 않네. 으아아! 집중해야지.'

알렉시스는 집중할 수 없었다.

"죄송해요, 할머니."

알렉시스의 어깨가 축 처졌다.

"너무 자책하지 마. 처음이잖니. 내가 힌트를 줄게. 이 도전 은 인도 민담에 바탕을 두고 있어. 우리 아버지가 제일 좋아 하는 민담이야. 생각해 보니까 아버지하고 네 할아버지 마음 이 맞았던 드문 경우이기도 했구나. 할아버지도 그 얘기를 좋 아하거든."

'흐으음…. 인도 민담 중 어느 것이려나?'

알렉시스는 젖은 빨래를 짜듯이 기억을 쥐어짰다.

'아악! 너무 많은 얘기들이 머릿속에서 헤엄치고 있어.'

"조용히 해! 조용히 해!"

알렉시스는 혼자 자신에게 속삭였다.

'도저히 못 하겠어!'

머릿속에서 엉망진창으로 뒤엉킨 목소리들 중 알렉시스는 할아버지가 놀리는 소리를 들을 수 있을 것 같았다.

"있잖아, 우리는 삶의 대부분을 우리 머릿속에서 산단다. 그러니까 살기 좋은 곳으로 만들어야지! 옛날에 공자라는 현명한 친구가 이렇게 말했어. **할 수 있다고 생각하는 사람과 할 수 없다고 생각하는 사람은 둘 다 옳다.** 그러니까 새싹아, 너는 어느 쪽으로 옳은 사람이 되고 싶니? 할 수 있어서 옳은 사람? 아니면 할 수 없어서 옳은 사람?"

알렉시스는 주먹을 움켜쥐었다.

'난 할 수 있는 옳은 사람이 될 거야. 자, 그럼 처음부터 다시 시작해 보자. 이야기를 찾는 방식은 전혀 도움이 안 되는 것 같으니까. 흠. 세상을 달려서 한 바퀴 돈다. 이걸 말 그대로 해석하지 않으면⋯ 어⋯ 해석을⋯ 은유적으로 하라는 건가? 은유적으로 어떻게 지구 주위를 한 바퀴 돌지? 어⋯ 은 쟁반 같은 걸 들고 은 위로 도는 건가?'

알렉시스는 할머니가 여전히 어깨를 꼭 안고 격려하는 것을 느낄 수 있었다.

알렉시스는 눈을 뜨고 방 안을 둘러보았다. 바위족 비리가 기대에 찬 눈으로 마주 바라보는 모습이 보였다. 리프가 비휴에게서 안전한 거리를 두고 조심하는 모습도.

알렉시스는 고개를 돌려 기둥을 바라보다가 기둥에 새겨진 테멩 왕의 모습에 시선을 멈추었다.

'이 수수께끼를 만들었을 때 무슨 생각을 하고 계셨어요? 아뇨, 증조할아버지를 만나 본 적도 없는데 무슨 생각을 하시

는지 제가 어떻게 알겠어요? 생각해 보니까 애초에 증조할아
버지를 만나고 싶은지도 잘 모르겠네요. 딸과 사랑에 빠진 사
람이 마음에 안 든다고 자기 딸을 완전히 다른 세계로 쫓아
내 버리다니! 흠, 그런데 이상하네요. 왜 할머니의 날개를 바
로 여기다가 두셨죠? 왕궁 어딘가에 잠가 두지 않고? 할머니
한테 뭔가 알려 주려고 하셨던 건가요?'

"하아아아아품!"

리프가 과장되게 양팔을 뻗었다.

"내가 뛰었어도 지금쯤 세상을 한 바퀴 돌고 벌써 돌아왔
겠다."

'아뇨! 멍청이. 아냐… 잠깐. 돌아온다…. 테멩 왕이 날개를
여기다 둔 건 할머니한테 **돌아오라**는 뜻이 아니었을까?'

알렉시스는 팔짱을 끼고 눈을 감았다.

'그리고 세상. 비리는 **지구**라고는 말하지 않았어. **세상**이라
고 했지. 세상이 또 무슨 뜻일까?'

알렉시스는 머리를 쥐어짰다.

'누구, 무엇, 어째서, 어디?'

그러자 대답이 떠올랐다.

'가네시와 카르티크의 세상을 도는 경주! 그 이야기였어!
테멩 왕이 그 이야기를 선택한 게 당연해! 딸에게 기억을 상

기시켜 주는 방법이기도 하고, 집에 돌아오라는 말도 하고 싶었던 거야!'

알렉시스는 고개를 들고 등을 똑바로 펴고 비리를 향해 돌아섰다.

"내가 경주를 하겠어."

알렉시스는 손바닥을 털고 손목을 돌리며 선언했다.

"그리고 먼저 출발하게 해 줄 필요 없어."

리프는 거의 숨이 넘어갈 것 같았다.

"미쳤어? 네 다리는 나만큼 짧다고!"

할머니가 활짝 웃었다.

"바로 그 정신이야!"

"그럼 0분 말고 5분 먼저 출발할래?"

비리가 친절하게 제안했다. 알렉시스는 고개를 저었다.

"징이 먼저 출발하고 싶으면 그래도 돼. 5분 먼저 출발해도 좋아. 난 필요 없어."

"그럼 간다!"

비리가 숫자를 세기 시작했다.

"셋!"

비휴가 날개를 펄럭이더니 넓게 펼쳤다.

"둘!"

"으르르르르러어엉!"

비휴가 다시 포효했다.

"하나!"

비휴가 긴장하며 날아오를 준비를 했다.

"출바아아아아아아아아알!"

휘이익! 비휴가 땅굴 밖으로 번개처럼 날아가 눈 깜빡할 사이에 사라져 버렸다.

알렉시스는 팔다리를 뻗은 뒤에 가볍게… 할머니 주위를, 그리고 기둥 주위를 천천히 뛰어서 돌았다.

"자, 난 다 됐다!"

알렉시스가 땀 한 방울도 흘리지 않은 채 위풍당당하게 선언했다. 리프의 입이 떡 벌어졌다.

"어?"

"세상은 '누구'일 수도 있어. 나한텐 내 가족밖에 없으니까 가족이 바로 내 세상이라고 할 수 있겠지!"

리프는 깜짝 놀라 자기 이마를 쳤다.

"아니 도대체 이런…."

할머니가 박수를 쳤다.

"거봐, 네가 해냈잖아, 내가 할 수 있다고 그랬지!"

알렉시스의 양 볼이 발갛게 물들었다.

비리가 다시 조그만 움직임으로 춤을 추었다.

"나도 좋아! 이제 가서 네 상을 가져가!"

알렉시스는 제자리에서 살짝 한 번 뛰었다.

"으어, 빨리 움직여! 날개 찾아서 얼른 가자고!"

리프가 재촉했다.

"괴물이 언제 돌아올지 모른단 말이야!"

비리가 킥킥 웃었다.

"아냐. 징이 지금쯤 지구를 한 바퀴 다 돌았다고 해도 아마 한참 더 걸릴 거야. 내가 걔를 아니까 하는 말인데, 오는 길에 분명히 먹이를 구해 올 거거든. 네 냄새를 맡았으니까 아마 케니트를 사냥하느라 바쁠 거야!"

알렉시스는 상자에 다가가서 할머니의 도움을 받아 돌 뚜껑을 들어 올렸다. 그러자 그 안에 놓여 있는 할머니의 날개가 눈에 들어왔다.

날개라고 하니 알렉시스는 어쩐지 천사의 날개를 상상해서 풍성한 하얀 깃털이 달려 있을 것이라고 생각했다. 아니면 나비처럼 넓고 여러 가지 색깔이거나.

실제로 할머니의 날개는 잠자리 날개와 비슷했다.

투명하다.

단순하고, 단순히 아름답다.

할머니는 그대로 서서 가만히 자기 날개를 바라보고 있었다. 할머니의 눈은 아빠가 저녁 식탁에 앉았을 때의 눈과 완전히 똑같았다. 바로 옆에 있지만 어딘가 먼 곳을 바라보고 있다.

"할머니? 날개 본 지 오래되셨죠, 그죠?"

할머니는 흠칫 놀라며 생각에서 깨어났다.

"뭐라고 했니? 아, 그래. 그래. 오래됐지."

깊이 심호흡한 뒤에 할머니는 조심스럽게 상자 안에 손을 넣었다. 할머니의 손이 날개에 닿는 순간 찬란한 광채가 빛났다. 알렉시스가 정신을 차려 보니 날개는 할머니의 등에 붙어 있었다.

'멋지다아아아!'

"와아아아! 정말 예뻐요, 할머니!"

할머니는 생각에 잠긴 듯 미소 지었다.

"자, 봐라."

할머니가 손을 흔들었다. 손끝에서 노란 가루가 떨어졌다.

"하하할머니, 나나나날 수 이이있어요?"

날개 달린 할머니 앞에서 알렉시스는 갑자기 평소보다 훨씬 더 주눅 들어 버렸다.

"아, 슬프지만 아직은 안 돼. 아직은 제대로 주문도 걸 수 없구나. 건전지를 충전하는 것처럼 능력을 완전히 되찾으려면 훨씬 더 시간이 많이 걸릴 거야.”

'에이, 할머니의 마법으로 리프를 두꺼비로 만들 수 있냐고 물어보려던 참인데.'

할머니가 멈추어 섰다.

“그리고 우리한테는 시간이 별로 없지. 여기에 온 진짜 이유를 잊지 말자. 할아버지를 위해서잖아. 이제 다음으로 어디를 가야 하는지 보자, 응?”

할머니는 배낭을 벗어 기억풀 만드는 방법이 적힌 두루마리를 꺼냈다.

할머니는 바닥에 앉아 두루마리를 풀어서 돌바닥 위에 놓았다. 모두 다, 비리까지 할머니 주위에 모여들었다.

“그래. 재료가 전부 여덟 개인데 우린 벌써 두 개를 가지고 있지. 유령 고추와 '밤의 여왕' 향수. 그리고 주문을 건 자의 눈에서 나온 후회의 소금까지 치면 세 개야. 나머지는 리프가 여백에 휘갈긴 휘파람 수풀이나 우종섬 같은 위치로 판단하면 다행히도 미스트 도시와 마을에서 멀리 떨어진 변두리에 있구나.”

“그게 왜 다행이에요, 할머니?”

“내가 추방당한 왕족이라는 걸 잊지 말아라. 누가 날 알아

보면 난 체포당해서 왕궁으로 보내질 거고 날 찾아낸 자는 짭짤한 상금을 받게 돼. 우리는 그런 곁길로 빠질 여유가 전혀 없지. 제때 할아버지를 구해 내려면 말이다. 그러니까 우리는 항상 조심하고 사람 많은 곳을 피해야 돼."

알렉시스는 자기도 모르게 조금 낙담했다.

'미스트의 도시나 아니면 그냥 마을이라도 좋으니 어떻게 생겼는지 너무 보고 싶었는데. 거기에도 닭이랑 달걀이랑 소가 있을까? 돈은 어떤 걸 쓸까?'

알렉시스는 실망한 마음을 숨겼다.

"네, 알겠어요. 그러면 할머니는 변장을 하시는 게 좋을까요?"

할머니가 자신의 은빛 머리를 톡톡 쳤다.

"아니, 이대로 괜찮아. 여기 내 오래된 좋은 친구들도…"

할머니는 비리와 리프를 가리켰다.

"처음에 날 못 알아봤으니까."

할머니는 검지로 두루마리를 훑어 내렸다.

"목록에 있는 두 번째와 세 번째 재료, 낭마이 벌의 벌젖과 가루다의 둥지 조각은 쉬울 거야. 둘 다 휘파람 수풀에 있는 카욘 나무에 있을 테니까. 그러니까 우선 거기를 가야겠다. 그다음에는 미스트의 동쪽 끝 해안으로 가서 거기서 북동쪽 우종섬으로 어떻게 항해해 갈지 궁리해 보고, 가는 길에 두융도 찾아야겠다. 두융은 보통 깊은 물속에 있으니까. 자, 이게 우리 계획이야. 이제 가자.”

할머니는 양피지를 도로 말고 비리에게 고개를 끄덕였다.

“비리, 너만 괜찮다면.”

할머니는 팔짱을 끼고 크게 한숨을 내쉬었다.

“난 집에 갈 준비가 됐어.”

비리가 허리를 굽혀 인사했다. 비리가 눈을 세 번 깜빡이고 박수를 두 번 치는 모습을 알렉시스는 흥분과 기대감에 차서 바라보았다. 비리는 자기 앞의 허공에 손가락으로 선을 내려 긋고 지저귀듯이 말했다.

“즐거운 모험 되세요!”

갑자기 공기에 빈틈이 열렸다. 알렉시스는 깜짝 놀랐다.

갈라진 틈이 더 넓어졌고 그 안에 소용돌이치는 푸르스름한 회색 안개가 드러났는데, 전날 밤 알렉시스와 할아버지가 길을 잃게 만들었던 그 안개 같았다.

할머니가 손녀를 바라보며 미소 지었다.

“준비해라, 아가야. 이제 미스트로 들어간다!”

“꼴찌로 들어오는 사람 루저!”

리프가 소리치고는 갈라진 틈으로 뛰어들었다.

"아앗, 트리샤 공주님만 빼…."

리프의 목소리는 그의 모습과 함께 사라졌다.

알렉시스는 포털을 바라보며 몸을 떨었다.

가슴속에서 심장이 마치 터보 엔진처럼 뛰었고 그와 똑같은 속도로 알렉시스의 머릿속에서는 온갖 질문들이 튀어 돌아다녔다.

'저 반대편에는 뭐가 있을까? 저 세계에서 내가 숨을 쉴 수 있을까? 이걸 하면 아플까? 집에 있었어야 했나?'

알렉시스는 팔을 다정하게 붙잡는 손길을 느꼈다.

"걱정 마, 아가야. 슈퍼마켓 입구에 설치하는 에어커튼 알지? 아래쪽으로 시원한 바람을 불어 내려서 바깥 공기를 막고 안쪽의 시원한 공기가 빠져나가지 못하게 하는 장치 말이야. 여기도 그 에어커튼 안으로 걸어 들어가는 것과 거의 똑같아. 그리고 내가 바로 뒤에서 따라갈 거야."

알렉시스는 숨을 참고, 눈을 감고, 미스트를 향해 걸어 들어갔다.

9. 휘파람 수풀

휘이이이익!

얼음처럼 차가운 공기가 보이지 않는 폭포처럼 쏟아진다?

확인.

머리카락이 얼굴, 코, 입으로 날아든다?

확인.

감전, 타는 듯한 열기, 녹아내리는 피부, 그리고 견딜 수 없는 고통?

다행히 그건 아닌…가?

그때 부드러운 산들바람이 알렉시스의 코를 어루만졌다.

"내 고향에 온 걸 환영한다, 알렉시스!"

'할머니다! 휴, 나 아직 안 죽었나 봐.'

할머니 목소리에 안심하고 알렉시스는 조심스럽게 눈을 한 쪽씩 떴다.

지금 서 있는 숲은 바로 몇 초 전에 떠나온 곳과는 전혀 비슷하지도 않은 곳이었다.

"바로 여기가 휘파람 수풀이야."

할머니가 설명했다. 알렉시스는 주위를 둘러보았다.

노르스름한 초록빛이 나무껍질부터 그들이 서 있는 호숫가의 수면에 비친 반영과 하늘의 구름까지 주변 전체에 물들어 있었다. 공기에서 레몬그라스에 꿀과 생강을 섞은 듯한 향이 풍겼다.

'오오, 두 배로 휴. 나 숨쉴 수 있어!'

주변의 식물들은 알렉시스가 여태까지 보았던 어떤 것과도 닮지 않았다. 희미한 하얀 수증기가 마치 세상을 감싼 반투명하고 얇은 레이스 커튼처럼 공기 중에 퍼져서 햇살은 이 옅은 직물을 통과하여 연해진 채로 흘러넘치고 있었다. 마치 하늘에 자리가 모자라서 구름이 서로 부딪치다 못해 땅으로 밀려 내려온 것 같았다. 그곳은 영구히 초점이 맞지 않는 세상이었다.

'잠들었다가 여기서 눈을 뜬다면 꿈인지 아닌지 구분할 수

있을까?'

잠의 왕국에서는 사물의 경계선이 ─이 불명확한 나라의
윤곽처럼─ 흐릿하고 모호했다.

조그만 파충류가 옆으로 날쌔게 지나갔는데, 도마뱀 같지
만 날개가 달렸다. 그 동물은 가까운 나무 뒤로 달려가 숨었
고 알렉시스는 깜짝 놀라 펄쩍 뛰어 물러나며 눈을 휘둥그렇
게 뜨고 할머니를 쳐다보았다.

"용이에요?"

할머니가 킥킥 웃었다.

"아냐. 여기 미스트에선 저런 걸 잠자리라고 해!"

이곳이 지구가 아니라는 사실을 알렉시스는 마침내 깨달았
다. 심장이 조그만 발레리나처럼 팔락이며 달리고 발끝으로
뛰어오르고 가슴안에서 빙글빙글 춤을 추었다.

'어머나 세상에. 어머나 세상에. 미스트! 내가 왔어! 내가
진짜 여기 온 거야!'

알렉시스는 신나게 할머니에게 손짓했다.

"여기 이름이 왜 미스트인지 알겠어요, 할머니. 사방이 안
개예요!"

"할아버지도 여기 처음 오셨을 때 딱 그렇게 말씀하셨어."

할머니가 환하게 웃었다.

"정말요? 진짜 멋져요!"

알렉시스는 눈을 감고 폐 속 깊이 숨을 들이마시며 이 새로운 세상을 한껏 호흡했다. 그리고 양팔을 최대한 멀리 뻗었다. 피부가 마치 아침 이슬에 젖은 꽃잎처럼 들떴다. 알렉시스는 모든 것을 한꺼번에 흠뻑 빨아들이고 싶었다.

그러다 멈추었다. 계속 중얼거리는 낮은 웅웅 소리가 귀에 들려왔다. 귀를 기울여 보니 그것은 새소리, 휘파람, 속삭임이 기묘하게 섞인 듯한 소리였다.

"어… 할머니, 저 이상한 소리는 귀뚜라미나 새들이 내는 거예요?"

"둘 다 아니야, 아가야. 이 숲속 가득 자리 잡고 살아가는 아주 조그만 존재들이 내는 소리들이 다 합쳐져서 그렇게 들리는 거야. 그 존재들은 부니안 혹은 숲 요정이라고 하는데 휘파람 소리를 내서 서로 이야기한단다. 고함을 지를 때조차 그저 휘파람을 크게 불 뿐이야. 우리가 소리치는 것보다 몇백만 배나 더 예쁘고 세련된 소리야. 난 그렇게 생각해!"

알렉시스는 열광적으로 고개를 끄덕였다.

"아, 그래서 이 숲에 휘파람 수풀이라는 이름이 붙었군요! 멋져요!"

"맞아, 상당히 매력적이지, 그렇지?"

할머니의 미소가 생각에 잠긴 듯 깊어졌다.

"어렸을 때 난 그런 걸 전부 당연하게 생각했어."

할머니는 눈을 감고 깊이 숨을 들이쉬었다.

"이 공기 냄새도 말이다. 이 달콤한 냄새를 다시 맡을 수 있게 될 때까지 미리 오랜 세월이 걸릴 줄 미리 알았더라면…"

한동안 할머니는 말이 없었다. 알렉시스는 할머니가 지금은 그냥 이렇게 생각에 잠겨 있도록 방해하지 않는 게 좋겠다고 생각하며 KC가 잘 있는지 살펴보기로 했다. 알렉시스는 양철 담뱃갑을 꺼냈다.

'휴, 이 지렁이…, 아니면 곤충—어머, KC가 정확히 뭔지 조사해 보는 걸 잊어버렸네—도 어쨌든 무사히 여기까지 잘 왔구나!'

로스만 양철 담뱃갑을 안전하게 재킷 가슴 주머니에 다시 넣어 두고 알렉시스는 다시 주변의 완전히 새로운 세상을 둘러보며 관찰하기 시작했다.

떠나온 할머니 할아버지의 마을에서 그랬듯이 이곳의 나뭇잎과 풀도 화려한 오렌지색, 빨간색, 갈색으로 물들어 있었다. 이 세계도 마찬가지로 늦가을이었다.

알렉시스는 몸을 떨며, 떠나기 전에 할머니가 따뜻한 옷을 단단히 껴입으라고 주의 주신 것을 감사히 여기며 재킷 지퍼를 끝까지 올렸다.

숲의 다른 나무들 위로 높은 탑처럼 솟아오른 거대한 나무가 그들보다 한참 앞쪽에 수많은 가지들을 펼치고, 구름을 넘어 한참 위로도 가지를 뻗고 서 있었다.

그 나무는 세상의 역사만큼 오래된 것 같았다. 나무껍질은 갈색 행주를 손으로 짜서 몇 세기나 밖에 내놓아 말려 둔 것 같았다. 온갖 이끼들이 그 주름진 피부를 덮어서 나무는 닳아 해진 녹색 털 코트를 입은 듯 보였다. 안개가 나무 아래쪽을 두텁게 감싸서 솜사탕 타래를 누군가 나뭇가지 사이로 끌고 다닌 듯했고, 그 위쪽에는 구름이 안개와 함께 나무 윗부분을 전부 덮고 가려서 마치 나무가 하늘 위까지 끝없이 계속 뻗어 있는 것처럼 보였다.

'저건 내가 본 것 중에서, 아니 꿈이라도 꾼 것 중에서 제일 큰 나무야!'

"우리는 저기로 갈 거야."

할머니가 나무를 고갯짓으로 가리켰다.

"카욘 나무야. 지금 여기서 봐도 커 보이지만 가까이 다가가서 보면 엄청날 거야. 그러니까… 이제 출발해야지."

"네. 이제 가요, 할머니! 아 맞다! 잠깐만요…. 그 케니트 보셨어요? 대체 어디로 갔…."

알렉시스는 말하다 말고 주변을 둘러보았다. 고개를 돌리다 이마에 뭔가 부드럽고 복슬복슬한 것이 부딪쳤다. 부딪치는 힘에 그것은 뒤로 밀려났다가 다시 튀어나와 알렉시스를 향해 덤벼드는 것 같았다.

깜짝 놀라서 알렉시스는 몸을 숙이며 옆으로 피했다.

'저거 거대 거미야?'

알렉시스는 긴장해서 도망칠 준비를 했다.

"하하하하하하!"

리프가 나뭇등걸 뒤에서 나타났다.

"너 여기서 오래 못 버티겠다! 아무런 해도 없는 그냥 과일을 무서워하다니! 부모님이 과일은 몸에 좋다고 가르쳐 주시지 않았어?"

살짝 놀라고 짜증도 났지만 대체로 민망해서 알렉시스는 조롱하는 리프를 무시하고 복슬복슬한 물체를 자세히 들여다보았다. 색깔은 희끄무레한 분홍색이고 자두만 한 크기에 모양은 타원형이고, 서커스 광대의 부푼 레이스 칼라 같은 몇 겹이나 되는 얇은 날개들이 옆면을 장식하고 있는 이 과일은 리프가 튀어 나온 키 크고 날씬한 나무에서 드리워져 있었다. 그 나무에 감긴 긴 밧줄 같은 덩굴에 열매가 몇 개나 얽

히거나 무겁게 매달려 있었다.

할머니가 엄격한 눈으로 바라보자 케네트는 서둘러 조롱을 멈추었다. 할머니는 손녀의 어깨에 부드럽게 손을 얹었다.

"그 과일 이름은 '트롤 엉덩이'야. 보기에도 예쁘고 요리법을 알면 맛도 아주 훌륭하지만 함부로 쪼개면 아주 끔찍한 냄새를 내뿜거든. 그 냄새를 살짝 맡기만 해도 어른 남자들이 떼지어 기절할 정도야! 그래서 그런 이름이 붙었어. 트롤의 냄새나는 엉덩이 같은 악취가 나거든!"

리프가 끼어들었다.

"그 바위 트롤 비리의 방귀 냄새가 무시무시하다고 내가 그랬지? 지어낸 말이 아니야! 냄새가 너무 지독해서 그 이름을 딴 과일도 있다고! 어쨌든 난 다른 이름을 더 좋아해. '방귀 열매'! 손으로 주물러 으깨면 진짜 방귀처럼 커다랗게 푸시시 시시식 소리가 나거든. 그렇지만 불을 붙이면 정말⋯ 우아 대박. 우아 대박. 퍼어어엉! 진짜 방귀 폭탄이라고!"

리프는 즐거워하며 양손을 비볐다.

"와, 이거 꼬오오오옥 하나 가지고 가야겠다. 방귀열매로 얼마나 많은 장난을 칠 수 있는지 넌 상상도 못 할걸!"

알렉시스가 반응하기도 전에 리프는 빛의 속도로 알렉시스의 어깨 위로 뛰어올랐다. 커다랗게 한 발 뛰어서 알렉시스

앞에 드리워져 있던 나뭇가지를 붙잡았고, 가지는 리프가 그네처럼 매달려 흔들자 뚝 부러졌다. 그러자 리프는 단번에 흐르는 듯한 동작으로 잔디 위에 우아하게 내려앉았고 손에는 나뭇가지에 달린 두 개의 복슬복슬한 분홍빛 열매를 자랑스럽게 들고 있었다.

알렉시스는 리프만큼 빠르게 몸을 굽혀 리프의 손에서 열매를 빼앗았다. 알렉시스가 씩씩거렸다.

"절대로 네가 이걸 갖게 내버려둘 수 없어. 넌 이미… 이미… 천 년 동안 칠 장난을 다 쳤다고!"

"으르르!"

리프가 이를 드러내고 으르렁거렸다. 할머니가 고개를 가로저었다.

"아유 세상에, 유아원에서 아기들을 돌보는 것 같구나! 싸우지 말아야지, 아가들아!"

알렉시스는 리프에게 얼굴을 찡그려 보였고, 리프도 지지 않고 마주 얼굴을 구겨 보이더니 성큼성큼 걸어가 버렸다.

'이건 내가 가지고 있어야지. 먹을지는 알 수 없지만 방귀열매는 가지고 있으면 쓸모가 있을 것 같아!'

과일을 배낭 안에 집어넣고 알렉시스는 이제부터 찾아야 하는 재료에 대해 다시 생각하기 시작했다. 질문 하나가 머릿속에 번득 떠올랐다. 알렉시스는 할머니에게 물었다.

"할머니, 벌젖이 뭐예요? 여기 벌들은 소만큼 커서 꿀 대신에 우유를 생산하는 거예요?"

할머니는 미소를 지었다.

"아냐, 여기 벌들도 지구에 있는 벌하고 똑같아. 벌젖은 일벌들이 여왕벌을 위해서 특별히 만드는 하얀 분비물에 붙인 이름이야. 너는 아마 지구에서 부르는 이름으로 더 잘 알고 있을 거야, 로열 젤리라고 하지. 그건 영양분으로 꽉 차 있는데 특히 이 카욘 나무에서 만들어지는 건 아주 영양이 풍부해."

리프가 갑자기 멈추었다.

"여러분, 저기 바로 앞, 공터를 지나면 낭마이의 사냥터인데…."

"낭마이."

알렉시스가 끼어들었다.

"그러니까 그… 태국의 나무 요정, 맞지?"

"완전 짜증 나는 돌대가리다. 맞아, 너라면 분명히 아주 친하게 잘 지낼 거다."

리프가 부루퉁하게 대답했다.

"하여간 타사니가 낭마이의 지도자이고 왕실 벌집은 카욘 나무 중간 부분에 있는 타사니 자택 밖의 개인 정원에 있습니다. 그리고 가루다에 대해서는….”

알렉시스가 손을 들고 다시 끼어들었다.

“미안, 어, 가루다는 그러니까 그 굉장히 크고 황금색….”

리프는 발을 굴렀다.

“그래, 그래, 그래, 거대한 새야. 새들의 왕이다. 아니면 또 뭐 네 맘대로 부르든지. 아놔, 난 그냥 재료가 있는 곳까지 안내만 하는 줄 알았는데 야생 동물 수업도 해야 하는 줄은 몰랐잖아!”

리프가 분개하여 양손을 비틀었다.

“하아아아아여간, 무슨 얘기하고 있었더라? 맞다, 가루다는 카욘 나무 꼭대기에 둥지를 짓습니다. 그렇지만 목숨을 부지하기 위한 오늘의 꿀팁을 드리자면 저는 그냥 낭마이들한테 지금 가지고 있는 가루다 둥지가 있으면 좀 달라고 부탁하는 쪽을 추천하겠습니다. 여러분이 알을 훔치러 왔다고 생각하는 성난 엄마 가루다하고 마주치는 건 절대로 피해야 합니다! 그뿐이에요! 아주 쉽죠? 자, 이제 안내자 역할은 끝났으니까 전 여기서 기다릴게요. 행운을 빕니다!”

“그렇게는 둘 수 없지, 리프. 너도 같이 간다.”

할머니가 명령했다.

리프는 눈을 휘둥그렇게 뜨고 양손을 마구 휘둘렀다.

"아뇨, 아뇨! 전하! 죄송합니다! 할 수 있다면 저도 따라가 겠지만 할 수 없으니까 안 할래요!"

알렉시스는 촉이 발동하는 것을 느꼈다.

"어… 너 이번에는 또 무슨 짓을 했니, 리프?"

알렉시스가 물었다. 리프는 괴로운 것 같았다.

"어떻게 그런 생각을 할 수가 있지? 이건 모욕이야. 어째서 항상 내 잘못이라고 하는 거야?"

무거운 침묵.

마치 정해 놓기라도 한 듯 알렉시스와 할머니는 둘 다 팔 짱을 끼고 불타는 눈으로 리프를 뚫어져라 쳐다보았다. 리프 가 고개를 숙였다.

"알았어. 그래. 알았다고. 타사니는 너무너무 불평이 많아 서 나를 끝없이 짜증 나게 만드는 거야. 몇 시간이나 물에 비 친 자기 모습을 들여다보면서 더 예뻤으면 좋겠다고 쉬지도 않고 계속 끙끙거리더라니까!"

"그래서?"

알렉시스가 캐물었다.

"어, 그래서 타사니를 위해 가진 것에 감사하는 법을 가르 쳐 주었지! 타사니가 가장 좋아하는 참나무 옆의 호수에 가서 언제나 그러듯이 자기 모습을 들여다보고 있을 때 떠돌이 상인으로 변장해 다가가 마술 얼짱 크림을 팔았어."

리프는 극적인 효과를 위해 잠시 말을 멈추었다.

"다만 그게 사실은 얼짱 크림이 아니라… 얼꽝 크림이었어! 하하하!"

리프는 명백하게 만족해하며 무척 기쁜 듯 큰 소리로 웃음을 터뜨렸다.

할머니와 알렉시스는 둘 다 겁에 질린 얼굴로 서로를 쳐다보았다.

"오오오호호호, 타사니가 자신의 새로운 모습이 물에 비친 걸 보고 비명을 지르며 아우성치는 꼴이라니! 얼굴이 역겨운 오니, 그러니까 눈 괴물 모습으로 변했거든! 타사니는 숄로 얼굴을 감싸고 곧장 집으로 달려갔어. 집에 가서 거울을 깨고 커튼을 전부 꼭꼭 닫고 촛불을 불어 끄고 겁이 나서 다시는 자기 모습을 보려고 하지도 않게 됐지. 방 안에서 문을 꼭꼭 걸어 잠그고 군대의 지휘관인 아피냐를 자기 대신 지도자로 임명했어. 지금까지도 타사니는 완전히 깜깜한 어둠 속에서 괴로워하며 자기 얼굴도 보려 하지 않고, 물과 음식과 바깥세상 소식을 가져다주는 아피냐 말고는 아무도 만나려 하지 않아!"

할머니가 눈을 가늘게 떴다.

"그거 정말 못됐구나, 네 장난치고도 너무 못됐어, 리프! 어떻게 그런 짓을 할 수 있지? 그리고 왜 바로 타사니의 얼굴을 원래대로 돌려놓지 않았어? 네가 엉망진창으로 만들어 놨으니 네가 해결해라."

리프가 항의했다.

"하지만 그게 문제예요! 그 마술은 그냥 며칠이 지나면 저절로 사라진단 말이에요. 타사니는 그 크림을 바르고 길어야 일주일 뒤면 원래의 그 짜증나는 모습으로 돌아왔을 거라고요!"

할머니가 의아한 표정이 되었다. 리프가 말을 이었다.

"타사니가 그토록 믿는 아피냐 장군이 이 기회를 틈타서 권력을 찬탈할 걸 제가 어떻게 알았겠냐고요?"

"어떻게?"

"어, 그러니까 아피냐는 처음에 타사니가 자기 얼굴이 여전히 끔찍하다고 믿게 만들었어요. 그런 다음에 아무도 타사니를 찾아와 만날 수 없도록 해서 다른 누구도 타사니가 원래모습으로 돌아왔다는 걸 절대 알 수 없게 만들었고요!"

리프는 숨을 깊이 들이쉰 뒤에 말을 이었다.

"마지막으로 아피냐는 저를 지명 수배 흉악범 명단에 올렸어요! 특히 타사니가 멍청하게도 아피냐한테 전권을 맡겼기 때문에 강력한 전사들로 가득한 군대는 아피냐가 명령하는 대로 뭐든지 다 한다고요…. 아피냐의 비밀을 지키기 위해서 저를 죽이는 일 같은 거 말예요!"

"이 상황 너무 잘못됐어요!"

알렉시스가 주먹을 꼭 쥐었다.

"우리 어떻게든 해야 돼요, 할머니!"

할머니는 고민했다.

"우리의 최우선 과제는 할아버지의 기억풀 재료를 찾는 거야. 그렇지만 기회가 된다면 ―그리고 안전할 경우에만― 시도해 볼 수는 있겠지. 어떻게든 타사니를 만나야만 할 거야. 어떻게 하면 좋을까?"

"리프 말대로 얼짱 크림의 효력이 벌써 사라졌으면 우리가 타사니를 밖으로 데리고 나와서 모두에게 타사니가 정상으로 돌아왔다는 걸 보여 줘야 해요!"

알렉시스가 논리적으로 말했다.

"와우, 나는 왜 그 생각을 못 했을까?"

리프가 냉소적으로 말했다.

"그렇게 쉬우면 얼마나 좋아. 아피냐의 최강 군인들이 타사니의 집 앞에서 24시간 계속 지키면서 아피냐 말고는 아무도 들여보내지 않아."

"그럼 네가 더 좋은 생각을 말해 보시지, 똑똑이 씨?"

"그래, 포기하는 거다!"

리프가 고함쳤다.

"봐 봐, 장애물이 또 있다고. 교활한 아피냐가 자기가 계시를 받았는데 오로지 음악만이 타사니의 얼굴에 나타난 야만적인 짐승을 달래서 쫓아 버릴 수 있다고 주장했단 말이야."

리프가 두 사람을 쳐다보았다.

"그리고 그냥 아무 음악이나 되는 것도 아니라고요. 아피냐는 자기가 가진 마술 악기 '디킨'보다도 더 달콤한 음악을 들어야만 저주가 풀릴 거라고 했단 말이에요."

리프는 히죽 웃었다.

"하지만 사실 그건 아피냐가 확실히 아무도 타사니를 만나지 못하게 하는 방식이란 말이에요. 아피냐의 디킨은 미스트 전체에서 가장 아름다운 악기라는 건 모두 다 아는 일이잖아요!"

"어… 디킨이 뭐야?"

알렉시스가 물었다.

"미스트 전체에서 가장 아름다운 악기라고 내가 방금 말하지 않았어? 넌 그것만 알면 돼, 끝!"

리프가 씩씩거렸다.

"내 입으로 네가 정말 문화 교육 좀 받아야겠다고 말하긴 했지만, 내가 자원해서 네 선생이 되겠다고 한 적은 없잖아?"

알렉시스는 한숨을 쉬었다.

"리프, 말해 줘라."

할머니가 명령했다.

"아악, 알았어요. 그러니까 너네 인간들에게는 인간의 말로 피리라고 하는 악기가 있고 바이올린이라고 하는 악기가 있지. 디킨은 그 두 가지 악기가 결혼해서 낳은 아기 같은 거야. 바이올린처럼 활로 줄을 켜서 연주하지만 소리가 안으로 들어가서 관을 통해서 나와… 피리처럼!"

리프는 꿈꾸듯이 허공을 쳐다보았다.

"그렇게 나오는 소리는 정말 믿을 수 없이 아름다워. 그러니까… 그 소리가 현을 타고 들려오는 바람 소리나 바람을 탄 현악기 소리라고 묘사할 수도 있지만 그렇게 해서 들려오는 그 음악 자체가 말이야. 우아… 내 갈대 피리가 꿈꿀 수 있는 어떤 음악보다도 훨씬 더 천국 같아! 영혼을 잡아당겨 현을 만들고 그 현을 바이올린처럼 활로 켜서 노래하게 하는 것 같아. 영혼금이야, 심금이 아니라! 하!"

알렉시스는 가느다란 눈썹을 찌푸린 채 앞뒤로 왔다갔다

했다.

'생각해! 생각해! 이 나라에서 가장 아름다운 악기가 내는 소리보다 더 달콤할 수 있는 게 뭐가 있을까?'

리프가 불평했다.

"그만해! 너 때문에 어지럽잖아!"

'우리가 가진 건 리프의 갈대 피리뿐인데!'

"사실 나도 좀 어지러운 것 같구나."

할머니도 동의했다.

"계속 걷자. 마음과 어지럼증을 가라앉히는 데는 느긋한 산책만 한 게 없지."

할머니는 꽤 멀리 있는 샘을 가리켰다.

"저기로 가자. 계획을 세우면서 점심을 먹으면 되겠다. 네가 제일 좋아하는 정어리샌드위치 싸 왔다, 알렉시스."

샘을 향해 걸어가는 동안 알렉시스의 머릿속에 어떤 생각이 떠올랐다.

"할머니, 리프가 타사니에게 건 마법 말예요, 그거 할아버지가 예전에 해 주신 얘기하고 비슷하지 않아요? 부자가 되는 꿈을 꾸었던 가난한 사람 얘기요."

할머니가 미소 지었다.

"너 정말 너희 할아버지 손주구나. 머릿속에 이야기가 가득하네. 크리스마스 아침의 양말 속 같아!"

할머니가 잠시 말을 멈추고 천천히 고개를 끄덕였다.

"그래, 비슷한 것 같다."

"무슨 얘길 하는 거야? 가난한 사람의 꿈이 얼꽝 크림하고 무슨 상관이야?"

리프가 당황했다.

"할아버지가 날 재워 줄 때 들려주신 얘기야. 어떤 가난한 사람이 유명한 현자에게 부자가 될 수 있게 도와 달라고 부탁했어. 현자는 이렇게 말했어. '좋다! 잠깐만 기다려라!' 그리고 현자는 가난한 사람에게 지갑을 달라고 한 뒤에… 그걸 가지고 도망쳤어!"

리프는 콧방귀를 뀌었다.

"어, 그래, 그 부분은 네가 내 피리 가지고 도망친 것과 비슷하구나. 하여간, 그래서?"

"가난한 사람이 깜짝 놀라서 현자 뒤를 쫓아갔어. 결국은 따라잡았지. 현자는 지갑을 돌려주면서 이렇게 말했어. '짜잔!'"

"어, 그래. 그래서?"

"그래서… '짜잔!' 그게 끝이야!"

알렉시스가 킥킥 웃었다.

"아냐. 여전히 뭔 소린지 모르겠어."

리프가 혼란에 빠진 듯 대답했다.

"멍청한 얘기잖아."

알렉시스가 이야기의 의미를 막 설명하려고 했을 때 거친 목소리가 뒤쪽에서 터져 나와 알렉시스의 심장이 덜컹 내려 앉았다.

"너희 셋, 꼼짝 마!"

10. 카욘 나무에 오르다

뒤에서 길을 막은 것은 찡그린 얼굴의 여성 전사 부대였다.

이들은 체격도 보통 사람 정도였고 외모도 사람 같았다. 단지 평균적인 사람보다 키가 조금 작고 대단히 아름다웠다. 날렵한 몸에는 나뭇가지와 꽃으로 장식한 빛나는 비단 사롱을 둘렀다. 전사들은 양손에 긴 나무 막대를 들었는데 그 막대의 한쪽 끝은 입술에 대고, 뾰족한 다른 쪽 끝은 알렉시스, 리프, 할머니를 향해 있었다.

알렉시스는 심장이 멈출 것 같았다. 리프는 손의 떨림에 따라 박자를 맞춰 이로 달달달 소리를 냈다.

'큰일 났다. 이들이 바로 리프가 방금 경고한 킬러 나무 요

정이 틀림없어.'

"느나나…낭마이예요?"

알렉시스는 할머니의 소매를 잡아 끌며 자신이 잘못 알았기를 빌었다.

할머니는 고개를 끄덕였다.

'으아!'

"뭘 들고 있는 거예요?"

알렉시스가 떨리는 목소리로 속삭였다.

"바람작살이야. 작살 촉을 쏘는 거야. 독을 묻힌 촉을."

할머니는 말하면서 침착하게 한쪽 손을 주머니에 넣었다.

"꼼짝 말라는 말 못 들었어? 입도 움직이지 말라는 뜻이다!"

낭마이 중 하나가 고함쳤다.

"아니, 너야말로 꼼짝 마."

할머니가 반박했다. 순식간에 할머니는 손바닥을 입술에 대고 힘껏 불었다. 하늘색 불빛이 파도처럼 뿜어져 나와 낭마이 전사들을 휘이익! 하고 덮쳤다.

그와 함께 낭마이 전사들은 진흙으로 빚은 조형물처럼 선 자리에 그대로 단단하게 굳어 버렸다!

작살촉 두 개가 —방금 쏘아져 나와서— 허공에 잠시 걸려 있다가 아무런 해도 끼치지 못하고 땅으로 떨어졌다.

"진짜아아… 멋지다아아."

알렉시스는 여전히 충격을 받았지만 동시에 굉장히 감탄하며 숨을 내쉬었다.

노란 가루가 할머니의 손가락에서 하늘하늘 흘러내렸다. 패리 가루!

할머니가 몸을 움츠리더니 옆으로 휘청거렸다. 할머니는 쓰러지지 않으려고 재빨리 알렉시스를 붙잡았다.

"할머니! 왜 그러세요? 아파요? 작살 촉 맞으셨어요?"

"아냐, 아냐, 난 괜찮다. 그냥 좀 지쳐서 그래. 마법을 걸면 대가가 따르거든."

갑자기 공기 중에 전쟁의 함성이 가득 차고 수십 명의 낭마이 전사들이 주변의 나무에서 뛰어 내려왔다. 낭마이들은 나무 막대를 땅에 박았다. 그 뒤에서 다른 낭마이 전사들이 또 나타나서 줄지어 전열을 정비하고 땅에 한쪽 무릎을 꿇고 독 묻힌 촉을 채운 바람작살을 세 명을 향해 겨누었다.

알렉시스, 할머니, 리프는 이제 완전히 포위된 데다 적의 숫자도 너무 많았다!

낭마이 포위망 사이로 단단한 체격의 근육질의 요정이 나타났다. 이 요정은 굳어 버린 동료들을 옆으로 밀고 나오며 코웃음을 쳤다.

"이것도 마법으로 치고 나갈 수 있는지 두고 보자!"

그리고 낭마이는 바람작살을 리프 옆에, 위험할 정도로 가까이 들어 올렸다.

"이 케니트는 우리 영주님에게 심각한 범죄를 저질러 수배 중이다. 이자는 우리가 데려가겠다. 저항하거나 다른 쓸데없는 짓을 시도하지 않는 것이 좋다. 분명히 경고했다."

근육질 낭마이는 쇠처럼 단단해 보이는 동료 두 명에게 손짓했고 그들은 척척 걸어와서 리프를 근육질 낭마이에게 끌고 갔다. 명백히 이 낭마이가 지휘관이었다. 다른 낭마이들과 마찬가지로 지휘관 낭마이도 반짝이는 사롱을 감고 있었으나 그녀의 치마만 하늘색이고 다른 낭마이들의 사롱은 전부 똑같은 보라색이었다.

할머니가 숨을 고르며 앞으로 나섰다.

"바로 그 때문에 저 케니트를 여기로 데려왔다."

할머니가 말했다.

"나는 패리의 왕 테멩의 외동딸 트리샤 공주이며 이 케니트는 자기 잘못을 깨달았다. 타사니 영주님을 자택의 그늘 안에 가두어 둔 주문을 풀어 드리고자 한다."

근육질 낭마이의 눈이 커졌다.

"오오, 이런, 이런. 진정 그러한가? 추방당한, 이전의 그 공주님인가? 미안하지만 전혀 알아보지 못했다. 많이 달라졌군. 머리색이 아주… 하얗게 변해서….'

"그래, 안다. 시간은 언제나 자기 나름의 방식으로 대가를 요구하지."

할머니가 약간은 초조한 듯 낭마이의 말을 막았다.

"이제 부탁이니 우리를 타사니 경에게 데려가 주겠나?"

"하! 이제는 공주도 아니면서 명령하는 버릇은 여전하군. 유감스럽지만 여기서 명령을 내릴 수 있는 건 나다. 나는 아피냐, 낭마이 왕실 부대의 장군이며 지배자….'

아피냐는 고쳐 말했다.

"아니 그게 아니라 낭마이의 임시 지도자이다. 내가 명하노니 내 병사들을 풀어 줘라."

그 이름을 듣고 알렉시스는 불현듯 떠올렸다.

'아피냐! 타사니를 배신한 그 반역자!'

할머니의 턱이 굳어졌다.

"당연히 풀어 주지, 타사니 경을 만난 뒤에."

할머니 말에 아피냐의 얼굴이 새빨갛게 변했다. 아피냐는 서둘러 진정하고 마른기침을 내뱉었다.

"이봐, 공주님, 나도 정말로 타사니 경을 만나게 해 드리고 싶지만, 영주님은 절대로 아무도 만나지 않으신다고."

아피냐의 어조가 신랄해졌다.

"전직 왕족이라 해도 말이지. 그리고 생각해 보니까 공주님의 목에 아주 큰 상금이 걸려 있거든. 당신을 체포해서 상금을 받으면 되는데 내가 왜 도망자하고 협상하면서 시간을 낭비해야 하는지 설명해 보시지?"

"내가 이 미스트에 돌아온 이유가 바로 아버지를 만나기 위해서인걸! 이 케니트가 잘못을 뉘우치는 걸 도와주기 위해서 길을 돌아오긴 했지만 나도 왕궁으로 향하기 전에 가장 좋아하는 숲에 다시 와 보고 싶었다. 여기 와 본 지가 너무 오래돼서 말이야!"

할머니는 말을 이었다.

"당장 테멩 왕을 여기로 모셔 오지 그래! 분명히 아바마마도 오랜 친구인 타사니 경을 직접 만나 뵙고 치료해 드리고 싶어 하실 테니까."

'멋진 한 방이에요, 할머니!'

알렉시스는 혼자서 킥킥 웃었다.

이 제안에 명백하게 기가 꺾인 아피냐는 억지로 웃었다.

"하하! 진정해! 그냥 농담이었어! 공주님이 지구에서 너무 오래 살아서 유머 감각이 둔해지셨군!"

가짜 미소가 아피냐의 얼굴에 떠올랐다.

"이미 말했듯이 타사니 영주님은 지금 손님을 받지 않으신다. 물론… 이 케니트는 영주님을 치료해 드릴 유일한 해결책을 가지고 있지. 그러니 외람된 말씀이지만 공주님은 평화롭게 갈 길을 가시고 이 범죄자는…."

아피냐는 리프를 향해 손짓했다.

"정의의 심판을 받도록 우리에게 넘겨주고 가면 될 텐데."

리프는 훌쩍거리며 울기 시작했다. 할머니는 눈살을 찌푸렸고, 다른 해결책을 찾기 위해 궁리하기 시작하자 이마의 주름이 더 깊어졌다.

'아아, 안 돼.'

알렉시스가 숨을 삼켰다.

'우리가 지금 떠나면 리프는 죽은 목숨이야. 물론 그래도 싸지만 우리는 리프의 눈물도, 다른 재료도 모을 기회를 잃게 될 거야! 어떻게든 해야 돼. 생각해 보자. 먼저 나무에 올라갈 길을 찾아야 돼. 그런 다음에 타사니에게 가까이 갈 방법을 생각해 내야지. 그런 다음에는, 어, 어… 음… 으으! 그냥 처음 할 일부터 먼저 하자. 어떻게든 되겠지.'

알렉시스는 기침을 했다.

"안녕하세요, 장군님! 장군님이 가지고 계신다는 전설의 디킨에 대해서 말씀 정말 많이 들었어요! 한 번만 봐도 되나요?"

아피냐가 피식 웃었다.

"당연히 범죄자를 잡으러 다닐 때 디킨을 끌고 다니진 않지!"

아피냐는 조급하게 손가락으로 하늘을 가리켰다.

"저 위에 있다."

"어어머나아아, 저는 음악이라면 엄청난 광팬이에요. 딱 한 번만 보여 주시면 안 될까요? 제발 부탁드려요. 평생 꿈꾸던 소원이에요!"

알렉시스는 말을 마치자마자 소용없는 짓이었다는 것을 깨달았다. 장군은 침을 뱉었다.

"내 디킨은 구경거리가 아니다."

아피냐는 전사들에게 손짓했다.

"손님들을 보내 드려라."

낭마이 전사들이 다가오는 모습을 보면서 알렉시스의 심장이 점점 불안하게 뛰었다.

'빨리! 다른 걸 뭔가 생각해 내! 뭐가 됐든 아무것도 안 하는 것보단 나아.'

"잠깐만요! 어… 트리샤 공주님이 말씀하셨듯이 저희가 타사니 영주님을 치료해 드릴 수 있어요."

"그래애… 내 디킨보다 아름다운 소리를 내는 걸 네가 가지고 있단 말이지?"

"네… 네에."

알렉시스는 떨림을 멈추려고 입술을 깨물었다. 아피냐의 얼굴이 순간적으로 하얗게 번득였다.

"뭔지 내보여라."

알렉시스는 리프에게 다가가 허리띠에 걸쇠로 채워 놓은 갈대 피리를 잡아당겼다. 옆에서 리프가 믿을 수 없다는 표정을 지었다.

"너 돌았어? 내 피리에 대해서 이미 얘기해 줬잖… 으허어 어억!"

두 전사 중 하나가 리프의 배에 한 방 먹였고 리프는 곧바로 조용해졌다.

아피냐는 거리낌 없이 웃음을 터뜨렸다. 웃음을 그친 뒤에 아피냐는 볼에 흘러내린 눈물을 닦았다.

"갈대 피리! 소녀야, 여러 사람 시간 버리지 마라. 특히 내 시간을 낭비하지 않는 게 좋아."

할 수 있는 한 용감한 목소리로 알렉시스는 반박했다.

"난 그냥 아무 소녀가 아니에요. 난 테맹 왕의 증손녀라고요. 저에게 기회를 주셔야만 합니다."

"오오오! 그렇단 말이지?"

아피냐는 할머니를 흘끗 쳐다보았고 할머니는 차갑게 고개를 끄덕였다. 아피냐의 시선이 다시 알렉시스를 향했다.

"하! 전직 공주님이 외모만 할머니처럼 변한 게 아니라 진짜 할머니가 되었다니! 와하하하!"

아피냐 옆에 서 있던 낭마이 전사가 고개를 숙여 인사하고 말했다.

"장군님, 저 애한테 한번 해 보라고 하시면 어떻겠습니까? 혹시 효과가 있을지도 모르니까요. 우리는 손해 볼 게 없습니다."

아피냐의 얼굴이 다가오는 태풍처럼 어두워졌다. 아피냐의 손이 창을 꽉 붙잡았다. 다른 전사가 거들었다.

"예, 장군님. 한번 시켜 볼 만합니다. 우리 영주님이 마침내 치유되실지도 모릅니다."

다른 전사들도 동의한다는 뜻으로 소심히 고개를 끄덕였다. 장군은 그들을 노려보고는 내키지 않는 듯 받아들였다.

"좋다. 소녀야, 오늘 너 운이 좋구나. 오늘 나는 여흥을 즐길 기분이다. 그래, 네가 원하는 대로 어디 한번 해 봐라."

아피냐는 할머니에게 시선을 돌렸다.

"하지만 공주님의 어린 손녀가 제대로 된 음악을 연주하지 못하면 둘 다 나의, 아니 타사니 영주님의 영지에서 쫓겨날 것이다. 나는 나이 든 할머니도 어린아이도 돌볼 생각이 없고 테맹 왕과 다툼을 일으키는 데도 관심이 없다. 하지만 이 케니트는 내가 잡아 두겠다. 이 범죄자를 나에게 데려와 준 것은 아주 고맙게 생각한다."

리프가 훌쩍거렸다.

"이제 그 보잘것없는 갈대 피리를 불어 봐라, 소녀야. 들어 줄 만하게 연주해야만 타사니 영주님 앞에 너를 데려가겠다."

아피냐가 으르렁거렸다.

알렉시스의 심장은 산산이 부서져 파들파들 떨리는 젤리로 변할 것만 같았다.

'으아아아아! 변명거리가 하나 더 필요해!'

"아뇨."

알렉시스는 할 수 있는 한 가장 용감한 표정을 지으며 대답했다.

"이…이 갈대 피리에는… 음…. 어…. 마법이 딱 한 번 연주할 만큼만 들어 있어요. 그리고… 그리고… 갈대 피리가 장군님의 디킨을 이기려면 애초에 디킨하고 제대로 겨룰 수 있어야 해요. 하지만 장군님의 디킨은 여기가 아니라 저 위에 있잖아요."

알렉시스는 숨을 깊이 들이쉬었다.

"그리고 마지막으로 가장 중요한 건데요, 타사니 영주님이 치유되려면 근처에 계셔야 음악을 들으실 수 있잖아요. 그러니까 이걸 다 합치면 제가 카욘 나무 위에 올라가서 타사니 영주님 앞에서 연주를 해야 한다는 말씀입니다."

장군의 눈 속 흰자에서 핏줄이 튀어나와 벌겋게 물들었다.

"공주의 핏줄답게 아주 끈질기고 골치 아프구나, 응?"

장군이 내뱉고는 창끝으로 알렉시스의 목을 겨냥했다.

"아주 굉장한 시간 낭비를 하려고 용을 쓰는구나. 그 어떤 악기도, 아무리 마법을 입혀도 내 디킨을 이길 수는 없다."

아피냐는 혼잣말로 중얼거리고 창 자루를 땅에 꽂았다.

"내 부하들이 여흥을 좀 즐긴다는데 내가 막을 자격이 어디 있겠느냐? 다들 뭔가 웃음거리가 필요하겠지. 좋다. 카욘 나무 위로 올라간다. 하지만 오랫동안 올라가야 할 테니 각오해라!"

***

아피냐의 말은 농담이 아니었다. 그들은 끝이 없는 듯 오랫동안 걸어야 했다. 참나무에 새겨진 조그만 계단들은 나선형으로 계속 이어져 무한히 위로 올라가는 것만 같았다.

리프는 일행의 가장 앞에서 낭마이 전사들에게 끌려가고 있었다. 알렉시스와 할머니는 맨 끝에서 따라가는데도 리프가 헐떡거리며 숨을 몰아쉬는 소리를 똑똑히 들을 수 있었다. 할머니가 알렉시스를 살짝 찔렀다.

"널 이 여행에 데려오지 말 걸 그랬구나. 너무 위험하다고 내가 그랬지. 당장 집에 보내 줄게. 그리고 딱 리프까지 구해 줄 수 있을 만큼만 가루가 남아 있을 거야."

"안 돼요, 할머니, 아직은 안 돼요, 네? 저도 생각이 있단 말이에요. 한 번만 해 보면 안 돼요? 할아버지를 위해서 재료를 구해야 하잖아요. 이 기회를 놓치면 계획을 처음부터 새로 짜야 해서 귀한 시간을 낭비하게 될 거예요."

할머니는 아무 말도 하지 않았다. 알렉시스는 주장을 굽히지 않았다.

"걱정 마세요, 아피냐는 테멩 왕하고 다투고 싶지 않다고 이미 말했잖아요. 그러니까 테멩 왕의 증손녀에게 해를 끼치지는 않을 거예요. 제 계획이 실패하면 할머니 말씀 들을게요, 약속할게요, 네?"

할머니는 반대했지만 결국은 체념하고 고개를 저었다.

"너는 네 할아버지의 손녀일 뿐 아니라 명백하게 내 손녀이기도 하구나. 당나귀 고집이야. 나하고 똑같아, 특히 내가 젊었을 때. 그래, 무슨 계획을 그렇게 잘 짰니?"

알렉시스는 할머니의 귀에 자기 생각을 속삭였다. 할머니는 킥킥 웃고 손녀를 꼭 안아 주었다.

"훌륭해! 꼭 해 봐야겠다!"

바로 그 순간 아피냐가 앞에서 그들에게 외쳤다.

"그만, 그만. 다들 땀 흘리는 꼴 보면서 재미있는 구경 실컷했다. 여기서부터는 엘리베이터를 타도 좋다!"

11. 가장 달콤한 소리

삐걱거리는 나무 엘리베이터는 나무의 바깥쪽 가지에 설치된 정교한 도르래 시스템에 연결되어 있었다. 엘리베이터가 위로 올라가면서 바퀴 연결 쇠가 녹슨 철제 그네 같은 신음 소리를 냈다. 알렉시스는 엘리베이터가 '빠직! 삐걱! 빠직! 삐걱!' 하면서 앞뒤로 흔들릴 때마다 심장이 조금씩 졸아드는 느낌이었다.

알렉시스는 일부러 바깥을 내다보지 않았지만 올라가면서 두꺼운 솜사탕 같은 구름층을 몇 개나 지나왔기 때문에 밖은 분명히 북극 같은 풍경일 것이라고 생각했다.

마침내 엘리베이터 문이 열렸고 일행은 밖으로 한 명씩 걸어 나갔다.

'저 엘리베이터가 있어서 너무 다행이네. 이렇게 높은데 걸어서 올라왔으면 절반쯤 오기도 전에 여름이 돼 버렸을 거야!'

밖으로 나왔을 때 알렉시스는 다리 힘이 풀려 버렸다. 무릎이 떨리고 다리가 구부러져 자꾸만 휘청거렸다.

"잠시만 쉬게 해 주겠어요?"

할머니가 뒤에 있는 무뚝뚝한 경비병에게 물었다.

"빨리 하시오."

숨을 몰아쉬며, 양손을 무릎에 얹은 채 알렉시스는 고개를 들어 주위를 둘러보았다.

'우아.'

숨이 멎을 듯한 풍경을 바라보며 머릿속에 떠오른 말은 이것뿐이었다.

일행은 에메랄드색 바다 한가운데 자리한, 전체가 다 나무로 만들어진 마을에 와 있었다. 에메랄드색 바다는 나뭇잎의 대양이었다.

거대한 카욘 나무에서 뻗어 나온 엄청난 가지들이 바람 속의 고속도로처럼 얽히고설키며 밖으로 뻗어 나왔고, 커다란 접시를 씻어 말려 둔 것처럼 보이는 큼지막하고 넓은 나무판

이 그 위에 여기저기 얹혀 있었다. 나무판마다 목재와 대나무로 지은 매력적인 집과 독특한 상점들이 마을을 이루며 모여 있었다. 이런 건물들에는 경사가 가파른 지붕과 길게 뻗어 나온 처마가 있었고, 지붕 꼭대기는 두 손을 기도하는 모습으로 모은 것처럼 삼각형으로 뾰족했다. 이 나무판 마을을 연결하는 것은 밧줄로 만든 공중 다리였다. 그것은 하늘에 뜬 나무 섬들을 연결하는 거미줄 같은 거리들이었다.

"시간 없소. 움직이시오."

경비병이 고함쳤다.

두 사람은 나머지 일행을 따라서 강대한 카욘 나무 중간 부분, 굵고 거대한 나무줄기 쪽으로 향했다. 위를 보면 줄기는 위쪽으로 하늘을 향해 계속 뻗어 올라갔다.

'여기가 겨우 이 나무 절반 높이라니 믿을 수가 없네!'

아피냐가 바람작살 창을 바닥에 두 번 내리찍자 일행은 멈추었다.

"영주님의 거처다!"

아피냐가 선언했다.

그들 앞에 나타난 것은 마치 올리브 나뭇잎 속에서 몇 겹이나 되는 날개를 펄럭이는 나비처럼 보이는 찬란한 꽃, 그리고 그 꽃으로 수놓인 풍성한 정원에 둘러싸인, 나무줄기 속을 곧장 깎아 내어 지은 장엄한 저택이었다. 코코넛 모양의 베이지색 와플 같은 형태의 커다란 벌집이 정문 옆에 걸려 있었다.

'낭마이 벌이다!'

리프가 말한 대로 영주 자택의 정문은 올리브색 사롱을 걸친 딱딱한 얼굴의 낭마이 전사들이 철저하게 지키고 있었다.

아피냐가 알렉시스와 할머니에게 손짓해서 앞쪽으로 나오게 하여 엉망진창이 된 채 덜덜 떠는 리프 옆에 세웠다.

걱정에 찬 주름살이 할머니 얼굴에 떠올랐다.

"나 지금 가루 한 줌 쥐고 있다. 위험한 냄새가 조금이라도 나면 넌 바로 집으로 가는 거야. 내 옆에 꼭 붙어 있어라, 알았지?"

'미스트도 좋지만 지금으로선 집에 가는 것도 나쁘지 않아 보여.'

알렉시스는 고개를 끄덕였다. 아피냐가 영주의 자택을 가리켰다.

"타사니 영주님이 직접 내리신 명령에 따라 아무도 안에 들어갈 수 없으며 영주님도 밖에 나오지 않으신다. 내가 영주님께 문 바로 옆, 연주가 들릴 만한 곳에 서 계시기를 요청하겠다."

알렉시스는 침을 꿀꺽 삼켰다.

'괜찮아. 계획대로 해. 달려 들어가서 타사니 영주님을 밖으로 끌어낸다. 그러면 다들 영주님이 원래대로 돌아온 걸 볼 수 있겠지.'

"그동안 모든 문은 철저하게 잠겨 있을 것이다. 네가 연주를 끝낸 뒤에 내가 잠시 들어가 주문이 풀렸는지 아니면 나갈 때가 되었는지 확인할 것이며…."

아피냐는 사악하게 웃었다.

"주문이 풀리지 않으면 너와 네 할머니는 땅까지 걸어서 내려가야 한다."

알렉시스의 심장이 멎었다.

'하지만 그러려면 타사니 영주님을 붙잡을 수 있어야 되는데! 문이 잠겨 있으면 할 수 없잖아!'

알렉시스는 반대했다.

"하지만… 하지만… 문이 너무 두껍고 창문도 전부 막혀 있잖아요. 제 연주 소리는 아주 작다고요. 부탁이니 문을 열어 주세요. 아니면 영주님은 아무것도 듣지 못하고 주문도 풀리지 않을 거예요!"

"너 원래 이렇게 한없이 까다롭냐? 알았다, 문을 살짝 열어 두겠다. 네 장난감 피리를 좀 세게 불어야 할 것이다."

아피냐는 네 명의 문지기들에게 고함쳤다.

"경비병, 경계를 늦추지 마라. 나 말고 누구든 문에 접근하면 어떻게 해야 하는지 알겠지."

"예, 장군님!"

문지기들이 경례했다. 아피냐는 시선을 돌려 알렉시스를 바라보았다.

"아, 그리고 난 여기 네 바로 옆에 있을 거다. 수상한 짓은 생각도 하지 마. 자, 여기서 기다려라, 모두 다."

아피냐는 집 안으로 들어갔다. 웅성거리는 군중이 모여들기 시작했다. 그리고 점점 더 많아졌다.

'아아, 저엉말 멋지네. 나한테 저엉말 필요한 게 이거야. 더 큰 압박감.'

몇 분 뒤에 아피냐가 다시 나타났다.

"이런 이런, 청중이 많아졌군!"

아피냐가 모여든 관객에게 인사했다.

"영주님은 준비가 다 되셨고 여흥을 기대하고 계신다. 그러니 영주님을 즐겁게 해 드리자!"

군중은 박수 치며 환호했다.

"언제든 마음 내키면 도망쳐도 좋다, 아이야."

음흉한 배신자 아피냐가 조롱했다.

"형편없이 지는 것보단 덜 민망할 테니!"

알렉시스는 덜덜 떨면서도 물러서지 않았다.

"오? 아직도 버티고 있어?"

아피냐가 놀렸다.

"멍청함이 용기로 오인받는 일이 자주 있지."

아피냐는 박수를 크게 두 번 쳤다.

"내 무기를 가져와라!"

경비병 한 명이 앞으로 나와 고개를 깊이 숙여 인사하며 아피냐에게 무적의 악기를 건네주었다.

"네가 내 디킨을 그토록 보고 싶어 했으니 내가 먼저 연주하겠다."

아피냐는 군중을 향해 외쳤다.

"게임을 시작하겠다!"

군중은 기대와 즐거움에 가득 차서 포효했다.

"여러분 모두 오늘은 운 좋은 날이라는 사실을 기억하기 바란다. 보통은 내가 연주하는 걸 듣는 특권을 얻으려면 돈을 내야 하거든!"

아피냐가 거들먹거렸다.

그리고 알렉시스도 보통 때라면 이런 연주를 듣기 위해 기꺼이 돈을 냈을 것이다. 마술 바이올린-피리에서 흘러나온 음악은 천국의 소리라고밖에 표현할 수 없었고, 그 감미로운 선율은 알렉시스의 귀를 간지럽히며 흘러 들어와 머릿속에서 넘치고 소용돌이치고 수천 개의 핑크 솜사탕 같은 순수한 기쁨으로 마음을 가득 채웠다. 음악의 거장이 천 년 동안 연습한다 해도, 그 어떤 다른 악기도 이보다 더 달콤한 소리를 낼 수는 없을 것이다.

'리프 말이 무슨 뜻인지 알겠네. 영혼을 끌어내어 수백 개의 현으로 만들어 부드럽게 연주해서 그 현들이 다 노래하는 것 같아.'

아피냐의 연주에 군중이 자꾸 모여들었다. 더 많은 낭마이들이 나무 집에서 나왔다. 그리고 나무 위쪽에서 화려한 은빛 사롱을 입고 보석 박힌 관을 머리에 쓴 우아한 여성들이 구름과 증기 위를 떠다니며 아피냐가 연주하는 곡조에 맞추어 화사하게 춤추면서 아래로 내려왔다.

'아프사라!'

알렉시스는 생각했다.

'구름 무용수다!'

아피냐가 연주를 끝내자 박수갈채가 열대 지방의 태풍처럼 나무 전체에 천둥같이 울려 퍼졌다.

리프는 완전히 체념하고 고개를 푹 숙이고 있었다.

"난 죽었어!"

리프가 울부짖었다.

'리프가 맞는 것 같아. 갑자기 내 생각이 더 이상 괜찮지 않아 보이네. 나는 참, 세상에, 뭘 잘못 먹었던 걸까?'

알렉시스는 손이 너무 떨려서 아피냐에게 보이지 않도록 등 뒤로 양손을 숨겨야 했다. 알렉시스는 마치 아피냐의 연주가 아무것도 아니라는 듯 최대한 무관심한 표정을 지으려 애썼다.

"네 차례다, 귀찮은 꼬마야!"

아피냐가 코웃음 쳤다.

이제 알렉시스는 전과는 비교도 안 될 만큼 본격적으로 걱정하기 시작했다. 알렉시스는 할머니를 쳐다보았고 할머니는 격려하듯 눈짓했다. 그래서 기분이 살짝 나아졌다. 여전히 팔을 등 뒤로 돌린 채 알렉시스는 땀에 흠뻑 젖은 차가운 손바닥을 몰래 재킷 아래로 집어넣어 안에 입은 티셔츠에 대고 닦았다.

'할아버지, 지금 와서 포기할 수는 없어요. 어쨌든 뛰어들 거예요.'

알렉시스는 주변의 옅은 공기를 깊게 오랫동안 들이마셨다. 그리고 내쉬었다.

알렉시스는 갈대 피리를 꺼내 입술을 댔다. 그리고 자기도 모르게 아피냐 쪽을 흘끗 바라보았는데, 아피냐는 웃음이 터져나오는 것을 숨기려 하지도 않았다.

알렉시스는 다시 할머니를 쳐다보았다. 할머니는 고개를 끄덕이고 살그머니 양쪽 귀를 손가락으로 막았다. 알렉시스는 다시 한번 깊이 숨을 들이마셨다. 그리고 단번에, 빠르고 유연한 동작으로 피리를 거꾸로 뒤집어 잡고 이 사이에 단단히 물고 나서 손으로 양쪽 귀를 꽉 막고 온 힘을 다해 불었다!

귀를 제대로 막았는데도 피리에서 흘러나온 견딜 수 없이 무시무시한 굉음이 귓속으로 약간 새어 들어왔다. 그 소리는 아피냐가 연주한 완벽하고 절대적인 디킨 소리의 정반대를 두 배로 곱한 소리라고 말해야겠다. 천 개의 손가락 끝의 천 개의 고르지 않은 손톱으로 천 개의 칠판을 긁는다면, 그리고 동시에 천 개의 숟가락을 천 개의 포크에 부딪치고 비빈다면, 갈대 피리 반대쪽에서 나온 소리에 비해서는 그나마 듣기 좋은 음악이라 할 수 있을 것이다.

알렉시스가 피리 불기를 멈추었을 때, 정신이 나갈 것 같은 굉음이 들리기 전에 미리 귀를 막았던 할머니만 빼고 모두 다 땅에 쓰러져 손으로 머리를 붙잡고 귓속에 울리는 통증과 머리가 깨질 듯한 두통을 달래며 괴로움에 신음하고 있었다.

문지기들도 마찬가지로 무기력해졌기 때문에 알렉시스는 혼돈과 충격 속에 거침없이 타사니의 저택 문으로 달려갔다. 그리고 온 힘을 다해 나무문을 어깨로 들이받아 열고 그 뒤의 어둠 속으로 사라졌다. 끔찍한 불협화음의 메아리는 마침내 희미해져 사라졌고 그 뒤에는 괴로워하는 신음, 불평, 투덜거리거나 심지어 우는 소리만이 여기저기서 들려왔다. 경비병들이 혼잣말로 욕을 하며 창을 집어 들고 몸을 일으켰다.

그러나 알렉시스가 어둠 속에서 다시 모습을 나타냈을 때 온 세상이 갑자기 조용해졌다. 마치 알렉시스의 등 뒤에 블랙홀이 생겨나 모든 소리를 진공 속으로 빨아들인 것 같았다.

사실 그 등 뒤에, 알렉시스의 손을 잡은 뭔가가 있기는 있었는데, 그러나 블랙홀은 아니었다.

블랙홀 대신 그 자리에 서 있는 것은 황금 사롱을 입은 눈부시게 아름다운 낭마이 요정이었다.

얼굴이 무척 창백하고 눈을 한껏 가늘게 뜬 채 어리둥절한 모습으로 보아 이 낭마이 요정은 분명히 해를 본 지 한참이나 지난 것 같았다. 게다가 이 낭마이 요정도 알렉시스의 피리 연주 때문에 정신이 반쯤 나가 버렸다.

군중은 깜짝 놀랐고, 그런 뒤에는 무릎을 꿇고 엎드렸다.

"기적이다!"

누군가 외쳤다.

다름 아닌 타사니 영주가 본래 모습으로 돌아와 그들 앞에 서 있었던 것이다!

"영주님이 치유되셨다!"

군중이 박수치고 환호하며 축하하기 시작했다. 알렉시스는 눈앞에 펼쳐진 즐거운 광경에 기운이 나서 어깨를 한껏 폈다.

'내 계획이 적중했어! 믿을 수가 없네! 정말로 성공했어!'

모여 선 군중을 살펴보다가 알렉시스는 누군가 한 사람이 보이지 않는다는 사실을 문득 깨달았다.

'어! 그 반역자 아피냐는 어디 있지?'

그 교활한 여우는 배신의 음모가 밝혀졌다는 사실을 깨닫자마자 몰래 빠져나가 도망친 것이 분명했다!

'할 수 없지. 어쨌든 미션은 성공했으니까.'

알렉시스는 돌아서서 허리를 굽혀 인사했다.

"타사니 영주님, 돌아오신 것을 환영합니다!"

타사니는 당황한 기색을 감추지 못했다.

"하지만 귀여운 소녀야, 내가 들은 소리라곤 네 피리에서 흘러나오는 그 귀가 썩을 것 같은 듣기 싫은 굉음뿐이었어! 그 소리는 절대로 아피냐의 디킨보다 달콤할 수가 없단다! 그건 음악도 아니었다고! 그런데도 내가 이렇게 다 나아서 햇빛 아래 나와 있다니! 어떻게 이럴 수 있지?"

'흠, 백성들 앞에서 지도자에게 당신은 속임수에 휘둘렸다고 말하는 건 아마 좋은 생각이 아니겠지!'

알렉시스는 양발을 꼼지락거렸다.

"음… 사실 영주님을 치료한 건 피리 소리가 전혀 아니었어요!"

"그래?"

타사니는 어리둥절한 듯 한쪽 눈썹을 치켜올렸다.

"사실은 제가 피리를 불고 난 뒤에 들려온 거예요!"

청중 사이에 수군거리는 소리가 커졌다.

"소녀야, 네가 하는 말을 전혀 못 알아듣겠구나."

"음, 분명히 여러분 모두 동의하실 것 같은데요, 그 피리 소리처럼 끔찍하게 시끄러운 소리를 들은 뒤에 세상에서 가장 달콤한 노래는… 침묵이겠죠!"

군중이 입을 다물었다.

그리고 서로 얼굴을 쳐다보더니 웃음을 터뜨리고 박수를 치며 모두 동의했다.

12. 선물

군중이 흩어지고 나서 일행은 타사니 영주의 대응접실로 불려갔다.

그 방은 벽에서 벽까지 루비와 진주와 예쁜 장식으로 가득해서 사방이 반짝이며 빛을 내뿜었고, 알렉시스는 눈이 부셔 눈을 감아야만 했다.

타사니는 황금 왕좌에 앉아 있었다. 마침내 그들은 방해받지 않고 영주를 알현할 수 있게 된 것이다. 다만 타사니의 낭마이 경비병 둘이 여전히 리프를 단단히 붙잡고 있었고 세 번째 경비병은 타사니에게 호되게 야단맞고 있었다.

"병사들이 그렇게 많은데 뱀 한 마리가 빠져나가도록 내버려 뒀단 말이냐? 아무래도 좋다. 병사들을 더 모아라. 그 반역자 아피냐를 데려와 사형에 처하라, 어서 움직여!"

'사형. 아이고 세상에.'

알렉시스는 자기 목을 만졌다.

"예, 영주님. 알겠습니다!"

경비병은 고개 숙여 인사하고 재빨리 대응접실에서 달려나갔다.

타사니 영주는 비단옷의 옷매무시를 가다듬은 뒤 알렉시스 일행에게 고개를 돌렸다. 영주가 팔을 들었다.

"자, 전부 다 얘기해 보세요."

할머니가 모든 이야기를 들려주었다. 이야기가 끝난 뒤 타사니는 고개를 젓고는 알렉시스의 손을 잡았다.

"내 백성과 나는 당신에게 큰 빚을 졌어요. 당신이 아니었다면 우리는 아피냐의 계략 속에 아주 오랫동안, 아니 참 얼마나 오래인지도 모를 시간 동안 붙잡혀 있을 뻔했어요!"

타사니는 엄격한 표정으로 리프를 바라보았다.

"다 네 덕분이지. 너도 이 모든 문제를 일으킨 벌을 받을 것이다!"

리프는 고개를 숙여 몸을 움츠리며 조그맣게 낑낑거렸다.

'오오… 리프가 벌 받을 짓을 아주 많이 했지! 하지만 불행

히도 우리는 할아버지를 구하기 위해서 아직 리프가 필요해. 최소한 리프의 눈물을 얻을 때까지는….'

알렉시스는 소심하게 헛기침을 했다.

"어… 타사니 영주님? 리프의 장난이 선을 넘은 건 사실입니다만 솔직히 말씀드리면 리프는 좋은 의도로 그렇게 한 거예요. 그리고…."

알렉시스는 덜덜 떠는 리프를 몸짓으로 가리켰다.

"영주님을 구할 아이디어를 제게 준 게 바로 리프였어요."

"그래?"

타사니가 믿을 수 없다는 듯 되물었다.

"리프는 그 멍청한 '잠시 얼짱 크림' 장난을 통해서 우리가 갖고 있던 걸 잃어버린 다음에야 감사한 마음을 가지는 일이 많다는 걸 보여 드리려고 했던 거예요. 그리고 피리를 사용하자는 생각도 그렇게 나온 거예요. 직접 결투를 해서 아피냐의 디킨을 이길 방법은 없으니까 반대 방향에서 시도해 보자는 생각을 떠올리게 해준 게 리프였어요. 끔찍하게 시끄러운 소리로 모두의 귀를 오염시키면 그 뒤에 따라오는 침묵을 고맙게 여기게 된다는 것 말이에요!"

타사니는 눈을 휘둥그렇게 떴다. 그녀는 몸을 앞으로 숙이고 한 손으로 턱을 괴었다. 알렉시스가 말을 이었다.

"그 말을 듣고 리프의 갈대 피리 생각이 났고, 그렇게 되니까 그 피리를 이용해서 경비병들을 피해 안으로 들어갈 수 있을 것 같았고, 그러면 영주님을 밖으로 모시고 나와서 모두에게 영주님이 원래 모습으로 돌아왔다는 걸 보여 줄 수 있다고 생각했거든요!"

타사니는 조그맣게 박수를 쳤다.

"굉장하구나, 게다가 이렇게 어린 소녀인데! 과연 테멩 왕의 증손녀답다는 데 한 치의 의심도 없어!"

알렉시스는 얼굴을 붉혔다. 타사니는 입을 꼭 다물고 생각하더니 말했다.

"좋다. 너의 청원을 받아들여 리프의 처벌을 가볍게 해 주겠다. 1년이 아니라 석 달만 감옥에 가두도록 한다."

알렉시스의 아래턱이 떡 벌어졌다.

'안 돼! 우린 그걸 기다릴 시간이 없어!'

"하지만… 하지만…."

알렉시스는 항의하기 시작했다.

"결정은 내려졌다."

가슴이 터질 듯 숨을 몰아쉬며 알렉시스는 겁에 질려 할머니를 바라보았고, 할머니는 진정시키려는 듯 알렉시스의 등을 쓸어주었다. 아니면 알렉시스를 붙잡으려 했던 것인지도 모른다.

알렉시스는 고개를 숙이고 마음을 가다듬으려 애썼다.

'그래. 괜찮아. 한 번에 한 걸음씩. 재료부터 먼저 확보하자. 리프 걱정은 그 다음이야. 여기서 빈손으로 쫓겨날 위험을 감수할 수는 없어.'

타사니의 입술이 다시 부드러워졌다.

"좀 더 즐거운 일에 대해 이야기하도록 하자. 나의 감사한 마음을 보여 줄 때가 되었군. 먼저 침묵이 얼마나 아름다운지 절대로 잊지 않도록 너와 너의 할머님께 분명히 아주 유용할 물건을 선물해 주도록 하지!"

영주는 손뼉을 쳤고, 그러자 조그맣고 귀여운 낭마이 어린이가 은그릇을 들고 수줍은 듯 방으로 들어왔다. 그 안에는 꽃봉오리 모양의 씨앗 네 개가 들어 있었다.

타사니가 설명했다.

"다음 번에 네가 피리를 불 때를 대비해서 너와 할머님께, 혹은 더 정확히 말하자면 너의 청중을 위해서 귀마개를 선물하마!"

방 안에 웃음소리가 울려 퍼졌다.

조금은 망설이는 미소를 띠고 할머니와 알렉시스는 우아하게 선물을 받았다.

"조금 전에 이 귀마개를 끼고 있었다면 좋았겠지!"

타사니의 입술이 풀리며 미소를 지었다.

"이 마술 귀마개를 낀 사람은 소리 마법으로부터 보호를 받는단다. 그것만 빼면 보통 때처럼 다 들을 수 있어. 자, 진짜 상을 주마. 이 방에 있는 세 가지 보물을 아무거나 골라 봐라, 네 것이 될 테니!"

살짝 떨면서 알렉시스는 할머니를 바라보았고 할머니는 고개를 끄덕였다.

"가서 골라, 아가야."

"영주님을 도와드릴 수 있어서 그 자체로 영광이었습니다."

알렉시스는 살짝 고개를 숙였다.

"보통 때 같으면 아무것도 부탁드리지 않겠습니다만, 영주님만 허락하신다면 왕실 벌집의 벌젖 한 컵과 위대한 가루다의 둥지 부스러기를 조금 얻고 싶습니다. 불쌍한 우리 할아버지의 기억을 되찾기 위해서 필요합니다."

타사니 영주는 쯧쯧 혀를 찼다.

"할아버님께 안 좋은 일이 있었다니 유감이구나. 쾌차하시기를 바란다. 좋다. 내 시녀들이 네가 부탁한 물건을 가져다 줄 것이다."

타사니는 알렉시스에게 미소 지었다.

"자 그럼, 귀여운 아이야, 마지막으로 너의 세 번째 선물은 너 자신을 위해서 뭔가 굉장한 걸 골라 봐라. 보석을 줄까? 다이아몬드 왕관?"

알렉시스는 아주 잠깐 유혹을 느꼈다.

'으으으… 나중에 지이인짜 후회할 거야!'

"마지막 선물로 영주님께 부탁드릴 것이 있습니다."

알렉시스는 한쪽 무릎을 살짝 굽혀 인사하고 리프를 가리켰다.

"저 케니트를 위해서… 영주님의 용서를 구합니다."

재료

❀ 주문 건 자의 눈에서 나온 후회의 소금 (7그램) 윽!
❀ 로열 낭마의 벌의 벌젓 (1/2 컵)
❀ 가루다의 둥지 조각 (1줌) } 휘파람 수풀
❀ 두응의 땀 (3방울) ← 페라후섬
❀ 피해자가 좋아하는 맛 (1자밤)
❀ 피해자가 사랑하는 향 (1겹) } ??
❀ 봄에 처음 피는 꽃의 신선한 감로 (1송이)
❀ 바쿠 코털 (3가닥) } 우종섬

13. 깊은 바닷속 물고기

엘리베이터는 카욘 나무 밑동에 부드럽게 멈추어 섰다. 문이 활짝 열리자마자 리프가 밖으로 뛰어나가 무릎을 꿇었다.

"오오오 땅, 다정하고 소중한 땅!"

리프는 땅에 입 맞추었다.

"와아, 흙이 이렇게 맛있는 줄 몰랐어!"

할머니는 내리자마자 기억풀 만드는 법이 적힌 두루마리를 꺼내 다시 한번 훑어본 뒤에 마른기침을 했다.

"너 알렉시스한테 뭔가 할 말이 있을 것 같은데?"

낡아 빠진 바지의 먼지를 털면서 리프는 일어서서 눈을 둥그렇게 떴다. 그러더니 열심히 고개를 끄덕였다.

"네, 맞아요, 저 케니트는 내가 도와줬는데도 전혀 고마워하지 않네요! 앞으로는 아무도 돕지 말아야겠어요!"

할머니의 표정이 어두워졌다.

"리프…."

할머니는 못마땅한 눈초리로 리프를 노려보며 단호하게 말했다.

"고마워할 줄 모르는 건 너야! 알렉시스가 방금 널 감옥에서 구해 줬어! 그런데도… 고맙다는 말 한마디를 안 하니?"

"그냥 두세요, 할머니. 다이아몬드 왕관을 가져올 걸 그랬어요! 이놈은 저 위에 그냥 두고 왔어야 했어요."

이 시점에서 알렉시스는 반쯤 농담을 하고 있었다.

'다시 생각해 보면 우리한테 이 케니트가 정말로 필요했던가?'

리프는 고집스럽게 모르는 척했다. 그리고 휘파람을 불며 할머니의 손에 있는 두루마리를 들여다보고 딴소리를 했다.

"아하! 다음 재료를 구해야 하는군. 두융의 땀이라. 여러분, 다행스럽게도 저는 어디에 가야 두융을 찾을 수 있는지 알지요! 따라오세요, 여기서 동쪽으로 가면 별로 멀지 않아요. 우리 집 바로 옆이에요. 아니, 흠, 우리 집이 있었던 곳이라고 해야겠군, 어떤 잘 넘어지는 인간들 덕분에."

"으아아아!"

알렉시스는 양손을 뻗어 리프의 목을 잡으려 했지만 리프는 손가락이 닿기도 전에 바람처럼 뛰어서 도망쳐 버렸다.

할머니가 손녀의 한 손을 붙잡아 양손 손바닥으로 감쌌다.

"알렉시스, 아무래도 저 목록에 있는 모든 재료 중에서 리프가 흘리는 눈물을 얻기가 가장 힘들 것 같구나."

할머니가 고개를 저었다.

"주문을 건 자의 눈에서 나온 후회의 소금이라고 했지, 기억하니?"

알렉시스는 주먹을 꼭 쥐었다.

"그러면 제가 저놈한테서 짜내겠어요!"

"나도 너라면 할 수 있을 거라고 생각해!"

할머니는 미소를 짓고 손녀를 재촉했다.

"자, 가자, 아가야, 서둘러야지. 봄이 오기 전에 먼 길을 가야 해."

알렉시스는 고개를 끄덕이고 할머니와 속도를 맞추었다.

"저 케니트는 뭐가 문제예요? 할아버지한테 그런 짓을 저지르고 어떻게 손톱만큼도 미안해하지 않을 수가 있어요? 진짜 끔찍한 괴물이에요!"

"진정해라, 아가야. 난 어릴 때부터 리프를 알고 지냈어. 그래, 리프는 못돼 먹은 심술쟁이지만 속마음은 그렇게까지 악하지 않아. 그냥 적응을 좀 해야 할 뿐이야."

할머니는 잠시 말을 멈추었다.

"사실 이번에는 리프가 좀 너무했지, 할아버지한테 그렇게 끔찍한 주문을 걸다니. 그리고 네 말이 맞아, 리프는 절대로 먼저 나서서 미안하다고 하지 않을 거야. 하지만 말이다, 생각해 봐라. 지금 여기 우리하고 같이 와서 자기가 잘못한 걸 바로잡으려고 하고 있잖아. 그리고 말보다는 행동이 중요한 법이라는 걸 너도 알게 될 거야."

알렉시스는 팔짱을 끼고 숨을 씩씩 몰아쉬었다.

"으아, 할머니 말씀이 옳았으면 좋겠어요."

시선을 돌려 할머니와 함께 걷는 길을 보고 알렉시스는 주변 풍경이 어쩐지 이상하게 익숙하다는 사실을 깨달았다.

'그럴 리가. 난 미스트에 지금 처음 왔는데. 여기에 와 봤을 리가 없어!'

그때 어떤 생각이 불현듯 떠올랐다.

'잠깐… 와 봤나? 흠, 리프가 자기 집이 여기서 가깝다고 말하긴 했지. 할아버지하고 나하고 우연히 여기까지 들어왔었나 봐, 그 안개 끼었던 밤에!'

앞쪽 저 멀리, 땅에 위로 굽어져 올라가 높은 언덕이 되는

곳에서 리프는 달음질을 멈추었다. 뒤를 돌아보고 알렉시스
와 할머니가 한참 뒤에 처져 있는 것을 알고는 꼭대기에 가까
운 바위 위에 주저앉았다.

"할머니, 리프를 어렸을 때부터 알았다고 하셨죠. 어떻게
요? 학교에서 같은 반이거나 뭐 그런 거예요?"

할머니가 킥킥 웃었다.

"같은 반? 재미있구나. 리프는 내가 기억하는 한 항상 늙은
이였어!"

할머니의 주름이 깊어졌다. 추억을 떠올리며 미소를 지은
것이다.

"케니트는 대체로 본성이 장난스러워. 좋은 경우에는 많은
사람을 즐겁게 해 줄 수 있지. 젊었을 때는 리프가 딱 그랬
단다. 광대 중에서도 가장 명랑하고 재미있는 광대였고, 장난
과 농담과 개그와 촌극을 주머니에서 한없이 끄집어낼 수 있
었지. 너무 재미있어서 우리 아버지인 테멩 왕이 리프를 왕실
광대로 임명했을 정도야."

알렉시스는 충격을 받았다.

"왕실 광대요? 저 끔찍한 심술쟁이가 그런 직책을 맡다니
상상도 안 되는데요!"

"그래, 믿기 어렵지. 지금 저 낡은 자루를 뒤집어쓴 불평쟁

이를 보면 당연하지. 아, 아가야. 가끔은 가장 환하게 웃는 자가 가장 괴로운 눈물을 숨기고 있고, 가장 큰 웃음소리가 가장 슬픈 마음을 누르고 있는 법이야. 누구든 지금의 모습이 된 데는 대부분 사연이 있기 마련이고 리프도 마찬가지란다."

알렉시스가 입을 열어 더 많은 질문을 내놓기 전에 뭔가 하얀 것이 파라락 내려와 알렉시스의 코에 앉았다. 눈송이! 알렉시스는 몸을 부르르 떨고 재킷 지퍼를 더 높이 채웠다.

할머니의 얼굴이 근심으로 어두워졌다.

"어머, 세상에, 겨울이 닥쳐오는구나. 서둘러야 한다. 미스트에서 겨울은 오래 가지 않아. 봄이 오기 전에 구해야 하는 재료가 목록의 절반이나 남았단다."

두 사람은 서둘러 걸음을 옮겼다. 마침내 헐떡헐떡 숨을 몰아쉬며 두 사람은 손가락으로 자기가 앉은 바위를 초조하게 두드리는 리프가 있는 곳에 도달했다.

"둘 다 다리가 그렇게 긴데 왜 나보다 훨씬 느리게 걷는 거야?"

리프는 할머니가 듣지 못하는 곳에서 불평했다.

"우리 두뇌가 네 것보다 크고 무거워서 그렇겠지."

알렉시스가 쏘아붙였다.

"뇌 대신 이런 돌멩이가 가득하겠지!"

리프는 자기가 앉은 바위를 철썩 때리며 반박했다. 그리고 바위에서 뛰어내려 한쪽 팔을 휘두르며 화려하게 선언했다.

"자, 이제 보십시오, 하구입니다!"

눈길로 리프의 팔을 따라가다가 알렉시스는 자신과 할머니가 높은 절벽 가장자리 가까이에 서 있는 것을 깨달았다. 알렉시스는 가장자리로 넘어갈까 무서워서 본능적으로 몇 걸음 뒤로 물러섰다.

숨이 막힌 이유가 주위를 휩쓸며 지나가는 강한 바람 때문인지 아니면 장엄한 풍경 자체 때문인지 알렉시스는 알 수 없었다. 다시 숨을 쉬어야 한다고 떠올릴 때까지 시간이 조금 걸렸다.

알렉시스의 오른쪽에는 넓고 푸른 강이 흘렀고 가장자리에 금빛 벌판이 닿아 있었다. 더 멀리에는 광대한 청옥색 바다가 거꾸로 뒤집은 별 가득한 밤하늘처럼 빛났다. 강과 바다는 중간에서 만났다.

'하구는 강이 바다로 흘러 들어가는 곳이야.'

알렉시스는 할아버지가 설명하는 소리를 들을 수 있을 것만 같았다.

'하구는 강(河)의 입(口)이라는 뜻인데, 어느 입이 누구를 먹는지 궁금해질 수밖에 없지!'

"저기 배 보여?"

리프의 목소리에 알렉시스는 생각에서 깨어났다.

알렉시스는 눈을 가늘게 떴다. 노를 저어 움직이는 긴 나무배들이 강가에 한 줄로 정박해 있었다. 배들은 생기 넘치는 색으로 덮이고 물고기와 신기한 바다 생물들의 그림으로 정교하게 장식되어 있었다. 뱃머리마다 위협적인 장식이 붙어 있고 그 끝에는 뾰족한 이를 드러낸 바다뱀이 새겨져 있었다.

"저 사람들 거야."

리프의 손가락이 가리킨 곳은 강둑이었는데, 긴 더벅머리인 남자와 여자들이 무리 지어 쭈그려 앉아 있었다. 수많은 문신으로 덮인 피부는 햇볕에 타서 숯처럼 검었다. 사람들은 고기잡이 그물 주변에 모여서 최근에 잡은 신선한 물고기를 분류하느라 바빴다. 허리에는 둥글게 휘어진 뱀장어 같은 단검을 매달고 있었다. 저 사람들 기분을 괜히 건드리면 안 되겠다는 생각이 저절로 들었다.

"옴바크족, 혹은 바다 유목민이라고도 하지."

할머니가 설명했다.

"평생을 배 위에서 산단다. 사실은 실제로 옴바크족의 모습을 보는 건 드문 일이야. 항상 파도가 실어 가는 대로 배를 타고 먼 바다에 나가 있거든. 저들의 발은 땅을 디디는 일이 거의 없어. 실제로 너하고 나는 바다에 나가면 멀미를 하는데 옴바크족은 사실 단단한 땅 위에서 멀미를 한단다!"

알렉시스는 킥킥 웃었다.

"땅 멀미! 처음 들어 보네요."

할머니는 큰 소리로 의아해했다.

"글쎄 말이다. 그리고 땅이라니 말인데 뭔가 조금 이상해. 옴바크족이 왜 여기 강가에서 고기를 잡는 걸까? 바다에 나가면 원하는 대로 마음껏, 게다가 훨씬 더 큰 물고기를 잡을 수 있을 텐데."

리프가 킬킬 웃었다.

"요점을 잘 잡으셨군요, 공주님! 네, 저 무리는 여기서 벌써 몇 달이나 머무르고 있어요! 그리고 공주님 혹시 제가 물고기 대신 요점을 '잡았다'고 한 거 들으셨어요?"

리프의 말장난은 무시했지만 할머니의 눈이 커졌다.

"몇 달이나? 그건 아주 이상한데! 리프, 왜 그렇게 됐는지 혹시 아니?"

"물어보시니까 말인데 사실 알고 있어요. 뇌에 마법이 걸렸거든요, 모두 다!"

알렉시스가 이마를 쳤다.

"어으, 세상에! 이번엔 대체 무슨 짓을 한 거야, 리프?"

"뭐? 나? 이봐!"

리프가 분개해서 언성을 높였다.

"내가 아니야! 난 아무 짓도 안 했다고. 그냥… 물고기를
한 마리… 아니 두 마리… 사실 열 마리 정도 훔쳤을 뿐이지
만, 그건 아무것도 아냐! 정말이야!"

"도둑질은 아무것도 아닐 수가 없어. 알고 보니 진짜 도둑
이었네. 위선자!"

알렉시스는 코웃음을 치다가 고개를 갸웃했다.

"아니 잠깐… 하지만… 하지만 네가 마술을 걸지 않았다면
도대체 누가 한 거야?"

리프는 멀리 바다 쪽에, 커다란 바위 더미처럼 보이는 것을
가리켰다.

"저 섬 보여? 저건 페라후섬인데 바다 유목민들은 저기서
배를 만들고 수리해. 그런데 올해 초에 두융 하나가 저기로
이사 가기로 마음먹은 거야. 미리 말해 두자면 두융들은 원
래 육지에서 멀리멀리 떨어진 먼바다 깊은 곳에서 살아. 하지
만 이 두융은 어째서인지 민물고기에 맛을 들여서 강에 가까
이 있기 위해 저 섬으로 들어간 거야. 옴바크족이 정박지에
돌아왔을 때는 불행히도 너무 늦었던 거지."

알렉시스는 이해할 수 없어서 혼란스러운 얼굴로 부탁하듯

할머니를 쳐다보았다. 할머니가 공감의 미소를 지었다.

"불쌍한 우리 아가, 모든 게 너무 새롭고 복잡하지! 말 그대로 새로운 세상에 들어와 버렸으니. 배우고 기억해야 할 게 너무 많아서 아마 엄두가 안 날 거야!"

할머니는 설명했다.

"두융은 바다 사이렌이야. 바다 사이렌이 부르는 노래는 평생 들을 수 있는 것 중에서 가장 아름다운 소리란다. 그보다 더 아름다운 소리는 아마 아피냐의 디킨뿐이겠지. 하지만 바다 사이렌의 노래를 들었다면 그건 평생 들은 것 중에서 마지막 소리가 될 가능성이 높아. 왜냐하면 그 안에 강력한 주술이 들어 있어서 듣는 사람의 정신을 사로잡아 영원히 사이렌의 노예로 만들어 버리거든. 그 보이지 않는 구속이 풀리지 않는다면 말이다."

리프가 끼어들었다.

"맞아요! 그래서 배에 타고 있던 옴바크족 전체가 이제 두융의 하인이 돼서 온갖 시중을 다 들고 두융이 가장 좋아하는 민물고기를 잡아다 바쳐서 배도 채워 주고 있는 거죠. 다행히도 난 두융의 마법에 걸리기엔 너무 멀리서 그 노랫소리를 들었어요. 그리고 그 뒤로는 더 멀리서 지내고 있죠!"

알렉시스가 얼굴을 찡그렸다.

"너무하네. 불쌍하잖아! 마법을 풀려면 어떻게 해요?"

"보통은 거리를 두고 시간이 지나면 풀려."

할머니가 대답했다.

"피해자를 두융에게서 최대한 멀리 떨어뜨리고 마법이 희미해져서 사라질 때까지 기다리는 거야. 아니면 두융의 목소리를 망가뜨리는 거지."

알렉시스는 살그머니 솟아오르는 두통을 가라앉히려 관자놀이를 문질렀다.

"아이고 세상에. 그리고 우리는 할아버지 치료 약을 만들기 위해서 두융의 땀을 구하러 여기 왔잖아요. 멀리 떨어져 있는 게 아니라 바로 앞에 바짝 다가가야 할 거 아니에요!"

할머니가 고개를 끄덕였다.

"그래, 그러기 위해서 두 가지 방법을 생각해 봤어. 두융의 노래로부터 우리 자신을 보호하거나 아니면 두융이 노래를 못 하게 막는 방법을 찾아내는 거야."

"노래를 못 하게 해요? 어떻게요?"

알렉시스가 물었다.

"그러게. 어떻게 하지?"

할머니가 턱을 문질렀다.

"음, 불행히도 마법은 두융에게 먹히지 않아. 그러니까 자연적인 방법을 찾는 수밖에 없어.”

“바다 사이렌한테 입 닥치라고 말하는 건 소용없을 거란 생각이 드네요.”

리프가 코웃음 쳤다.

“기절시키면 어때요?”

알렉시스가 제안해 보았다. 리프가 기뻐하며 땅에 떨어진 나뭇가지를 가리켰다.

“저거면 될 거야!”

할머니가 몸을 움츠렸다.

“내가 보기엔 너무 폭력적이야. 우리한테 필요한 건 두융의 땀이지 피가 아니야!”

“어어어… 예의 바르게 때릴게요!”

리프가 고개를 흔들었다.

“나 참…. 왜 그렇게 까다로워요? 평화로운 방법으로 어떻게 두융을 기절시킨단 말예요? 아, 알겠다! 그 냄새나는 방귀쟁이 비리만 여기 있었어도….”

‘비리. 맞아, 귀여운 바위족.’

알렉시스는 생각했다.

‘맞아, 비리의 트림은 정말 킬러였는데! 땅굴 안에서 방귀를 참아 줘서 너무 다행이지 뭐야!’

갑자기 어떤 생각이 떠올랐다.

"트롤 엉덩이! 그거다! 제 가방 속 방귀열매를 쓰면 돼요!"

"좋은 생각이야, 알렉시스!"

할머니가 박수를 쳤다.

"살짝 냄새만 맡아도 두융은 분명히 기절할 거다. 그러면 우리 문제가 반은 해결되지."

알렉시스는 머리를 빠르게 회전시켰다.

"아 맞아요. 방귀열매 가스를 우리가 마시지 않게 조심해야 해요. 안 그러면 우리도 기절해 버릴 테니까요."

"그래. 가스가 뿜어 나온 시점부터 25초 동안 숨을 참아야 해."

할머니가 말했다.

"그런데 저기, 여보세요? 여러분들? 사이렌이 노래를 부르면 끝장이라는 작은 문제를 다들 잊어버리신 건 아닌지?"

리프가 심술 맞게 강조했다.

"방귀열매를 쓴다고 해도 냄새를 터뜨리기 전에 일단은 가까이 가야 한다고요! 하지만 수백 미터 앞에서 벌써 영원히 두융의 노예가 되어 버릴 걸요!"

알렉시스가 반박했다.

"어머나, 저기, 여보세요? 타사니 영주님에게 받은 선물을 벌써 잊어버린 모양인데 우리한텐 마술 귀마개가 있다고!"

리프는 졌다는 듯 입을 다물었지만 겨우 몇 초 동안이었다.

"세에상에, 너야말로 '여보세요'다, 난 귀마개 하나도 못 받았다고. 그럼 난 어떻게 하란 말이야? 네 생각만 하냐?"

리프는 부루퉁해져서 한숨을 쉬며 팔짱을 꼈다. 그런 뒤에 어둡고 수상쩍은 미소가 천천히 그의 입가에 떠올랐다.

리프는 지저분한 면 셔츠에서 면 조각을 조금씩 당겨 뜯기 시작했다. 그러더니 알렉시스가 경악해서 지켜보는 가운데 리프는 새끼손가락을 자기 오른쪽 귀에 넣어 갈색 진흙 같은 조그만 덩어리를 꺼내더니 면 조각과 함께 뭉쳐 역겨운 덩어리를 만들었다. 그런 뒤에 리프는 혼자서 중얼거렸고 그 불쾌한 덩어리에 녹색으로 번쩍이는 번개를 불어넣었다. 분명히 어떤 주술이었다.

리프는 자랑스럽게 미소 지었다.

"됐다! 이건 내 귀마개야. 귀지 마술이지!"

마지막으로 리프는 그 구역질 나는 덩어리를 두 개의 작은 조각으로 나누더니 한 귀에 하나씩 집어넣었다!

알렉시스는 역겨움을 참을 수 없어 고개를 숙였다. 할머니가 손으로 알렉시스의 얼굴을 가려 주었다.

너무 더럽고 놀라서 할 말을 잃은 채로 알렉시스는 방금 본 끔찍한 장면을 어떻게 받아들여야 할지 알 수 없었다.

"그거. 진짜. 너무. 드러워어어어어!"

알렉시스가 참지 못하고 소리쳤다.

"우웨에에에엑!"

그리고 할머니도 마침내 시선을 돌리며 말했다.

"됐다. 방금 몇 분간은 우리 인생에서 지워 버리고 앞으로 다시는 이 얘기를 꺼내지 말기로 하자, 알았지!"

알렉시스가 킥킥 웃었다.

"뭐라고 했어요? 안 들리는데요?"

리프가 소리쳤다. 역겹기는 해도 귀마개는 분명히 효과가 있었다. 할머니는 리프를 무시하고 말을 이었다.

"아직 수수께끼가 완전히 풀린 건 아냐. 두융을 기절시키는 건 시작일 뿐이란다. 그러면 노래는 막을 수 있지만 두융의 땀을 모아야 한다는 것도 잊으면 안 돼. 그러니까 두융이 땀을 흘리게 만들어야 한다는 뜻이지."

"뭐라고요? 크게 말해요!"

리프가 외쳤다. 알렉시스의 심장이 덜컹 멈추었다.

"아 이런 세상에. 어떻게 땀을 흘리게 하죠? 바깥은 지금 춥단 말이에요, 할머니! 할머니하고 저하고 이 언덕 꼭대기까지 뛰어 올라왔는데도 땀 한 방울 안 나잖아요! 어떻게 해야 두융에게 땀을 흘리게 할 수 있죠? 게다가 먼저 기절시킨다 해도 그다음에 달리기 같은 걸 시키기는 힘들잖아요? 아니면…"

알렉시스는 침을 꿀꺽 삼켰다.

"먼저 두융한테 땀을 흘리게 하고 그다음에 방귀열매로 기절시켜야 한다는 뜻이겠죠."

'으아! 이미 여러 가지가 충분히 힘들고 위험하다고!'

리프가 팔을 휘저었다.

"여전히 안 들려!"

"힘들지, 나도 안다. 하지만 불가능한 건 아냐. 이렇게 해보자."

할머니가 계획을 얘기하자 알렉시스는 기뻐하며 웃었다.

"그거 정말 멋져요, 할머니! 할아버지가 좋아하실 거예요!"

"이봐, 남의 등 뒤에서 속닥거리는 건 무례한 일인 거 몰라?"

알렉시스는 짜증을 내며 자기 두 귀를 가리켰다.

"우린 여기 네 바로 앞에 있다고!"

"아 그렇지! 귀마개!"

리프는 귀를 한쪽씩 꾸물꾸물 움직여서 임시로 만든 귀마개를 꺼냈다.

할머니는 리프를 무시했다.

"좋아, 두융의 노래를 막고 땀을 흘리게 할 방법을 계획했다. 이제 주위를 둘러싼 옴바크족을 뚫고 어떻게 두융한테 가까이 갈 수 있을지도 생각해 내야 해."

할머니가 말을 이었다.

"하지만 다행히도 어떻게 하면 될지 나한테 생각이 있다. 너희 둘한테도 계획을 알려 줄게. 그리고 알렉시스, 네 도시락 상자가 필요해."

14. 땀 흘리는 두용

샌들을 신은 발을 덜덜 떨며 리프는 가진 용기를 모두 끌어모아 옴바크 쪽으로 다가갔다. 옴바크족은 지금 고기잡이 그물을 수선하느라 바빴다.

할머니가 그 뒤를 따랐는데, 리프가 근처에 있는 자신의 부서진 집을 뒤져 끄집어낸 은쟁반을 양손에 힘을 주어 꽉 잡고 있었다. 알렉시스 일행은 꽃잎으로 쟁반을 장식했다. 쟁반 위에는 할머니의 특제 정어리샌드위치가 먹음직스럽게 쌓여 있었다.

알렉시스가 위험에 빠지지 않도록 할머니가 리프에게 지시해서 모습이 보이지 않게 하는 주술을 걸었기 때문에 알렉시스는 눈에 띄지 않고 안전하게 숨어 있었다. 그럼에도 불구하고 알렉시스는 무섭기도 하고 주변의 공기가 너무 차갑기도 해서 덜덜 떨었다. 할머니의 팔을 꽉 잡고 쟁반 위의 샌드위치를 망치지 않도록 조심하면서 뒤에서 따라 걸었다.

옴바크들은 두융의 주술에 걸렸지만 겉으로는 정상으로 보일 것이라고 할머니가 미리 알렉시스에게 일러 주었다. 그러나 주술에 걸린 옴바크들은 그저 껍데기일 뿐이며 자신들의 여왕인 두융을 보호하고 명령에 따르는 데만 정신이 팔려 있었다. 두융의 노랫소리가 들리지 않는 곳으로 멀리 떨어지면 몇 시간 뒤에는 넋 나간 상태가 풀릴 것이다. 그러나 그때까지는 두융 여왕의 명령에 따라, 예를 들면 물고기를 잡는 일을 할 시간이 충분히 있었다. 일을 마친 뒤 마법이 풀리기 전에 옴바크들은 두융에게 되돌아가야만 한다고 느낄 것이다.

할머니가 입을 한쪽만 움직여서 속삭였다.

"자, 다시 한번 말해 보자. 우리 계획이 실패해서 상황이 나쁜 쪽으로 돌아가면 너는 어떻게 한다고?"

"할머니가 주신 가루를 얼른 뿌려서 포털을 만들어 집에 가요."

알렉시스가 대답했다.

"맞아. 그리고 포털을 열 때 잊지 말고 눈을 감고 집을 생각해야 돼, 알았지?"

"네 할머니, 잊지 않을게요."

"쉿, 조용히 하세요! 점보가 와요!"

리프가 경고했다.

키 크고 건장한 ―무리 전체에서 가장 크고 무서운― 옴바크가 성큼성큼 걸어와 그들의 길을 막았다. 뱀장어처럼 구불구불한 단검이 허리끈에서 풀려나와 그들을 맞이했다.

"거기 서!"

리프가 멋대로 '점보'라 이름 붙인 커다란 친구가 고함쳤다.

"너희 둘은 누구이고 뭘 원하는가? 평화롭게 떠나가든가, 아니면…."

점보는 칼날을 쳐다보고 다시 할머니와 리프를 바라보았다.

"평화롭게 조각나라."

리프가 너무 큰 소리로 침을 삼켜서 알렉시스도 꿀꺽 소리를 들을 수 있었다. 알렉시스는 보이지 않는 취급을 받고 무시당하는 걸 고맙게 생각한 적이 없었지만 지금은 무척 고마웠다!

리프가 몸을 앞으로 숙여 화려하게 인사를 했다.

"저는 패리의 지배자 테멩 왕의 왕궁에서 왔습니다. 이쪽은…."

리프는 할머니를 가리켰다.

"저의 천한 하인입니다."

알렉시스는 리프가 이 부분을 즐기고 있다는 걸 알 수 있었다.

"하인의 손에 든 것은 두융 여왕님을 테멩 왕의 땅을 찾으신 명예로운 손님으로서 환영하며 인사드리기 위한 왕실의 선물입니다."

"왕이 보낸 선물이라고, 응?"

점보가 코웃음 쳤다.

"별거 아닌 것 같은데! 작고 하얗고 아무 맛도 없어 보여!"

"테멩 국왕을 모욕하기 전에 입조심하는 게 좋을 거요. 이 음식은 왕과 여왕만이 맛볼 수 있는 진귀한 음식이오. 내 하인이나 당신 같은 농민을 위한 것이 아니오."

리프는 점보가 눈을 휘둥그렇게 뜨자 몸을 살짝 움츠렸으나 용감하게 말을 이었다.

"이 안에는 머나먼 지구의 땅에 있는 정어리국의 성스러운 샘에서 잡은 왕실 민물고기의 맛 좋은 생선 살이 들어 있소. 말하자면 왕실 생선 요리란 말이오."

리프는 아주 진지하고 장중하게 선언한 뒤에 할머니에게 무례하게 손짓하여 들고 있던 정어리샌드위치 쟁반을 머리 위로 들어올리게 했다.

"그게 사실인가?"

점보는 의심스럽다는 듯 으르렁거렸다.

"이리 가져와! 맛을 보겠다. 어쩌면 독이 들었을지도 모르니…."

리프가 대답하기도 전에 점보는 쟁반에서 샌드위치를 하나 낚아챘다.

"만약 독이 들었다면 나의 여왕님에게 너의 머리를 식사로 바칠 것이다!"

점보는 샌드위치 전체를 한입에 집어 넣었다. 알렉시스는 숨을 멈추었다.

'약 탄 샌드위치를 충분히 깊이 묻어 뒀어야 하는데!'

점보의 눈이 둥그렇게 커졌다. 이제 알렉시스가 침을 꿀꺽 삼킬 차례였다. 점보는 입을 열어 거대한 혀로 입술을 핥았다.

"맛있어!"

점보가 감탄했다. 그는 다른 샌드위치를 집으려고 손을 뻗었다가 내키지 않는 듯 멈추었다.

알렉시스는 안도의 한숨을 내쉬었다.

점보는 리프에게 코를 킁킁거렸다.

"그래, 좋다. 이 음식은 어, 우리 여왕님께서 좋아하실 것이다. 너와 너의 정어리국 선물을 여왕님께 가져가도 좋다."

점보는 갑자기 뱀장어 단검을 리프를 향해 휘둘러 목 피부 바로 옆에 칼날을 댔다.

"하지만 조심해라! 여왕님께서 너나 네 음식을 좋아하시지 않으면 지금 가는 길에서 다시 돌아오지 못할 것이다."

리프는 칼날에 목을 잘릴까 무서워서 침도 삼키지 못했다.

점보의 명령에 따라 다른 옴바크족들이 일행을 긴 배 안으로 안내했다. 알렉시스는 할머니의 재킷 자락을 있는 힘껏 꽉 잡고, 위아래로 둥실둥실 흔들리는 배에 올랐을 때에도 할머니와 떨어지지 않으려 애썼다. 그들 뒤에서 점보가 배에 뛰어오르자 배는 훨씬 더 심하게 흔들렸다. 얼음 같은 바닷물 속으로 떨어지지 않기 위해서 알렉시스는 목숨을 걸고 할머니를 붙잡아야 했다.

점보는 으르렁거리는 소리를 내며 고갯짓을 해서 그들에게 가장 안쪽으로 들어가라고 신호했다. 일행은 뱃전을 꽉 붙잡고 재빨리 앉았다. 알렉시스는 할머니와 리프 사이에 꽉 끼어 앉았다. 점보는 그들 앞에 서서 불타는 눈초리로 뚫어지게 그들을 바라보았다. 네 명의 다른 옴바크들이 배에 뛰어올라 다른 쪽 끝에 앉아 제각기 노를 집어 들었다.

점보는 거대한 점박이 소라고둥을 힘껏 불었다. 증기선의 기적과 비슷하게 길고 깊고 쩌렁쩌렁한 신호가 울려 나왔다. 작은 배들이 동시에 다 함께 바다로 노 저어 가기 시작했다.

야생 거위들이 겨울에 더 따뜻한 하늘을 찾아 날아갈 때처럼 배들은 완벽한 삼각 대형을 이루어, 가운데에서 이끄는 점보의 지휘에 맞춰 바위투성이 섬을 향해 미끄러지듯 빠르게 나아갔다.

바닷바람에 언어맞으며, 튀어 오르는 바닷물과 점점 굵어지는 눈송이에 뒤덮이며, 알렉시스는 몸을 더 힘주어 움츠리고 할머니에게 더 가깝게 다가 앉았다.

"옴바크족은 페라후섬과 본토에 있는 단단한 나무로 배를 만들어."

할머니가 알렉시스에게 속삭였다.

"정말 놀라운 건 이 숙련된 옴바크 기술자들이 예술 작품을 전부 손으로 만들면서 쇠못을 단 하나도 쓰지 않는다는 거야. 전부 나무쐐기를 이용해서 짜맞추는 거란다. 그리고 배를 짓기 전에 도면을 그리지도 않아. 배 설계는 전부 기술자들의 머릿속에서 나오고, 그 지식은 아버지와 할아버지와 그 전의 조상들에게서 전해 내려온 거야."

할머니는 생각에 잠겼다.

"아버지가 한 번 나를 데려가 주신 적이 있어, 내가 너 정도 나이였을 때. 아버지는 왕실 함대에 들어갈 배를 이 거장 기술자들에게 주문했거든."

목적지에 가까워지자 알렉시스는 해안에서 속삭이듯 흘러나오는 기묘한 곡조를 아주 조금씩 들을 수 있었다. 리프는 아무도 모르게 임시변통 귀마개를 귀에 집어 넣었다. 할머니와 알렉시스도 각자 자기 귀마개를 꼈다.

귀마개를 끼자마자 경쾌한 곡조가 웅얼거리는 듯 낮고 굵은 음조로 갑자기 바뀌었다. 알렉시스는 노 젓는 옴바크들이 물을 헤치면서 숨을 몰아쉬는 소리를 들을 수 있었다. 노가 파도를 때리는 소리, 물보라 소리도 들을 수 있었다.

'우와, 이 마술 귀마개 굉장한데! 사이렌의 노랫소리만 빼고 전부 다 들려!'

섬에 가까워질수록 옴바크들은 꿈꾸는 듯 멍한 상태에 점점 더 깊이 빠져드는 것 같았다. 알렉시스는 귀를 보호해 주는 마술 귀마개에 다시 한번 감사했다.

수십, 수백 개의 껍질 벗긴 나무줄기들이 섬 전체를 뒤덮었다. 거대하고 장엄한 배가 조그만 노 젓는 배에 새겨진 것과 비슷한 상징들로 정교하게 뒤덮인 채 해변에서 튀어나온 나무 방파제 옆에 정박해 있었다. 커다란 주황빛 빨간 돛이 돛대에 단단히 감겨 있었고 풀려나온 끝부분만 차가운 겨울 바람에 펄럭였다. 알렉시스는 방파제가 이어지는 곳을 옴바크들의 조선소일 것이라 짐작했다. 그 안에 배의 몸체가 될 갈비뼈 모양의 나무 뼈대가 놓여 있었다. 새로운 배가 태어나는 중인 것이다. 그러나 지금은 슬프게도 버려진 채 일부분이 눈에 덮여 있었다.

섬을 둘러싼 물가에 솟아오른 날카로운 바위 위로 성난 파도가 무섭게 부서졌다. 옴바크들은 능숙하게 배를 조종해서 바위 옆을 돌아 섬 가장자리로 향했는데, 조그만 동굴이 입을 벌린 모습이 천천히 드러났다.

'두융의 소굴이구나.'

알렉시스는 생각했다.

다시 소라고둥 나팔 소리에 맞추어 점보와 그의 부하들이 배 가장자리에 죽 늘어선 횃불을 켠 뒤에 동굴 안의 어둠 속으로 노 저어 갔다.

알렉시스는 점점 더 심하게 덜덜 떨기 시작했다. 단지 겨울바람 때문만은 아니라는 것을 알렉시스도 알고 있었다. 무서운 생각이 갑자기 떠올랐다.

'보이지 않게 하는 마법이 설마 날아가 버리는 건 아니겠지!'

알렉시스는 할머니에게 더 단단히 매달렸고 할머니는 다정하게 알렉시스를 꼭 잡았다.

노랫소리는 점점 커졌고 메아리까지 바위투성이 동굴 벽에 튀고 부딪치며 울려서 알렉시스의 귀마개가 심하게 떨렸다. 알렉시스는 옴바크족처럼 정신이 사로잡혀 넋 나간 모습이 될까 두려워서 귀마개를 귀 안으로 더 깊이 밀어 넣었다.

그들이 탄 배가 동굴 안의 넓은 공간으로 나왔다. 물고기 썩는 악취가 얼음처럼 차가운 공기를 채웠고 생선 뼈가 울퉁불퉁한 바위 위로 널려 있었다. 그 뒤쪽에 한 뼘 정도 조그만 마른 땅이 있었다. 그곳에 남자, 여자, 어린이들이 멍한 채로 무기력하게 옹기종기 모여 있었다. 그들은 얇은 리넨 옷을 입어서, 알렉시스는 모두 덜덜 떠는 모습을 볼 수 있었다.

'겨울이 더 깊어지면 다들 얼어 죽고 말 거야!'

알렉시스의 마음속이 분노로 타올랐고, 자기 손가락이 얼어서 곱은 건 잊어버렸다.

군중이 갈라지며 바위를 깎아 만든 왕좌에 앉은 머리카락이 길고 날렵한 형체를 드러냈다. 왕좌의 반은 물 위에, 나머지 반은 물 아래에 있었다.

어둠과 그늘 속에서 제대로 보기 힘들었지만 알렉시스는 그 형체가 바로 바다 사이렌 두융이라는 것을 알았다.

물가의 배들이 땅에 닿자 배 가장자리의 횃불이 점차 사방을 비추었고 두융의 모습이 좀 더 명확하게 드러났다. 먼저 알렉시스는 다리 대신에 거대한 물고기 꼬리가 왕좌의 물속에 잠긴 부분 위에서 흔들리는 것을 보았다. 그리고 두융의 얼굴이 완전히 드러났다.

알렉시스는 깜짝 놀랐다. 알렉시스가 상상한 것은 썩어 가는 이빨에 노란 손톱을 길게 기른 흉악한 바다 괴물이었다. 그러나 뜻밖에도 두융은 숨이 멎을 만큼 아름다운 분홍색 머리카락과 녹색 피부의 인어였다! 진주가 줄줄이 달린 정교한 머리 장식이 두융의 머리 위에 아슬아슬하게 얹혀 있었다.

옴바크들이 물보라를 일으키며 배에서 뛰어내렸다. 점보가 할머니와 리프를 거칠게 도와 자갈투성이 땅에 내려 주고는 왕좌에 앉은 두융에게 데려갔으며, 두융은 의심스러운 눈초리로 이 뜻밖의 손님들을 바라보았다. 모두 다 할머니와 리프를 보는 동안 알렉시스는 조용히 혼자 배에서 내려왔다. 얕은 바닷물을 헤치고 나아가면서 알렉시스는 물보라를 일으키지 않기 위해 무척 애썼다.

알렉시스는 조심스럽게 사람들 뒤로 돌아서 발끝으로 살살 걸어 커다란 바위 뒤로 갔는데, 그곳은 안전한 거리에 있으면서도 무슨 일이 벌어지는지 볼 수 있을 만큼 가까웠다. 알렉시스는 여전히 보이지 않는 마술에 걸려 있었지만 그래도 바위 뒤에 몸을 숨기고 한쪽 눈만 내놓고 밖을 살폈다.

점보가 두융에게 허리를 굽혀 인사하고 고개를 숙였다.

"테멩 왕의 왕실에서 공물이 왔습니다, 여왕님. 왕실 생선 요리입니다. 생선은 정어리국의 성스러운 샘물에서 잡은 것입니다. 여왕님의 안전을 위해 제가 맛을 보았으며 여왕님께서도 흡족해하실 것이라 확신합니다. 그러나 만족하지 않으신다면…."

점보는 리프와 할머니를 향해 한 손을 흔들었다.

"이 동물들을 원하는 대로 처분하시옵소서."

두융이 고개를 끄덕이고 욕심 사납게 기대에 차서 입술을 핥았다. 점보가 할머니를 향해 돌아서서 양손으로 할머니의 쟁반을 뺏었다. 그리고 두융에게 다가가서 한쪽 무릎을 꿇고 고개를 숙이고 머리 위로 쟁반을 들어 올려 공물을 바쳤다. 두융은 몸을 앞으로 숙이고 쟁반 위에 놓인 샌드위치를 살펴보더니 손을 뻗어 한가운데 있는 가장 크고 먹음직스러워 보이는 샌드위치를 낚아챘다.

망설이거나 냄새조차 맡지 않고 이 욕심 사나운 두융은 샌드위치 전체를 입안에 단번에 욱여넣었다.

'헐, 됐다!'

알렉시스는 자기도 모르게 미소 지으며 기뻐서 양손을 비벼다. 두융은 눈을 감고 씹기 시작했다. 모여 선 바다 유목민들과 할머니, 리프, 알렉시스까지 모두가 기대에 차서 완전히 집중하여 꼼짝하지 않고 바라보았다.

처음에는 아무 일도 일어나지 않았다. 그러더니…. 두융이 손등을 이마에 대고 몸을 뒤로 젖혀 왕좌에 기대앉았다. 그리고 너무 맛있어서 황홀하다는 듯 몸을 뒤틀었다.

"으으으으음!"

두융이 만족한 듯 신음했다.

그러나 다음 순간, 이상하게 억눌린 터지는 듯한 소리가 두융의 입에서 흘러나오기 시작했다. '푹!' 이런 소리였다. 두융은 놀란 것 같았지만 샌드위치 맛에 완전히 반해서 함께 흘러나오는 묘한 소리에는 신경 쓰지 않고 그냥 계속 씹었다. '푹', '푹', '푸우욱', 두융이 씹을 때마다 소리는 계속되었다. 그리고 마지막으로 아주 크고 길게 '푸우우우욱!' 하는 소리가 났다.

할머니가 손수건을 꺼내 입을 가렸다. 리프는 웃음을 터뜨리지 않으려고 최선을 다하고 있었다. 그의 얼굴이 보라색으로 변했다.

갑자기 두융이 겁에 질려 눈을 크게 떴다. 그리고 나머지 샌드위치를 땅에 내던지고 양손으로 자기 목을 잡았다. 입은 여전히 충격을 받아 꽉 다물고 있었다.

두융의 머리 전체가 순무처럼 새빨갛게 변했다!

'터진다! 이제 나야말로 숨을 참아야 해!'

알렉시스는 입을 벌리고 할 수 있는 한 허파 가득 공기를 듬뿍 빨아들이기 시작했다. 마침내 두융의 입이 벌어지고 마치 당장이라도 비명을 지를 듯 혀가 튀어나왔다.

그 시점에서 알렉시스는 숨을 참고 숫자를 세기 시작했다.

'25… 24… 23….'

마치 카드로 만든 집이 쓰러지듯이 옴바크 유목민들이 여기저기서 바닥으로 힘없이 넘어지기 시작했다.

방귀열매가 작동한 것이다! 두융이 샌드위치를 씹어 삼키면서 가스가 두융의 입안에서 폭발했고, 두융이 입을 열었기 때문에 동굴 안으로 퍼진 것이다.

'18… 17… 16….'

인어가 바위 왕좌에 힘없이 늘어졌다. 횃불이 밝혀진 동굴 안에서 액체 다이아몬드처럼 빛나는 방울들이 두융의 이마에 맺혔다가 빠르게 떨어져 아래쪽의 바닷물 속으로 흘러들었다.

'바다 사이렌의 땀! 할머니 계획도 맞아 들어갔어!'

'12… 11… 10….'

도미노처럼 전부 쓰러졌다.

마침내 알렉시스 일행 세 명만 그대로 서 있었다.

20초가 지났다. 방귀열매의 가장 지독한 가스 부분은 지금쯤 날아갔을 것이다. 마지막 5초가 지나가는 동안 알렉시스는 터질 것 같은 폐를 억누르며 느릿느릿 흘러가는 시간을 버텨 냈다.

'3… 2… 1….'

"후어어어어어어!"

알렉시스는 크게 숨을 쉬어 폐 속으로 우아하게 공기를 빨아들였다. 그리고 바로 기침하며 구역질하기 시작했다. 독한 가스의 흔적이 아직도 공기 속에 남아 있었던 것이다. 기절할 정도는 아니었지만 본격적인 방귀열매 냄새를 결단코 맡고 싶지 않다는 사실을 알 수는 있을 만큼이었다. 아주 살짝 남은 냄새만 맡았는데도 알렉시스는 빨지 않은 양말을 썩어 가는 정어리 바구니 속에 집어넣고 한여름 오후의 햇살 아래 내놓아 묵힌 결과물을 떠올렸다.

할머니가 손수건에 대고 기침을 했다.

"다들 괜찮니?"

할머니가 여전히 보이지 않는 손녀를 향해 말했다.

"알렉시스, 너 정확히 어디 있니?"

"여기요! 할머니 바로 옆이에요!"

알렉시스는 손을 뻗어 할머니 팔을 만졌다.

"우리 계획이 성공했어요, 할머니!"

"그래, 대성공이야!"

할머니가 조그만 통을 알렉시스에게 건네주었다.

"이거 받아라, 아가야. 가서 두융의 땀이 다 마르기 전에 최대한 많이 받아 와!"

그리고 할머니는 리프를 돌아보고 고개를 한 번 끄덕였다.

"그리고 리프, 두융이 깨어나기 전에 가서 붙잡아!"

"예, 공주님!"

리프가 대답했다.

"하지만 먼저 한 가지만 대답해 주시죠."

할머니가 한쪽 눈썹을 치켜올렸다.

"무슨 질문에 대답하라는 걸까?"

"어떻게 두융한테 땀을 흘리게 했죠? 방귀열매는 확실히 아닐 텐데요. 샌드위치에 무슨 다른 약을 타거나 주문을 걸었나요?"

"아!"

할머니가 알렉시스에게 눈을 찡긋했다.

"우리가 뭘 하나 집어넣긴 했지만 네가 생각하는 건 아니야. 마술은 인어한테 먹히지 않으니까, 너도 알잖아?"

"그럼 도대체 뭘 넣은 거죠? 알려 주세요!"

알렉시스가 킥킥 웃으며 끼어들었다.

"할아버지의 유령 고추야!"

재료

❋ 주문 건 자의 눈에서 나온 후회의 소금 (7그램) 윽!

~~❋ 로열 낭마아 별의 벌겆 (1/2 컵)~~ } 휘파람 수풀
~~❋ 카루다의 둥지 조각 (1줌)~~

~~❋ 두웅의 땀 (3방울)~~ ← 페라후섬

~~❋ 피해자가 좋아하는 맛 (1자밤)~~ } ??
~~❋ 피해자가 사랑하는 향 (1겹)~~

❋ 봄에 처음 피는 꽃의 신선한 감로 (1송이) } 우종섬
❋ 바쿠 코털 (3가닥)

15. 여행

"한번 혼이 났으니 두융은 이제 다시는 육지 음식을 탐내지 않을 거야!"

리프가 두융의 입과 손을 마술 밧줄로 묶으면서 킬킬 웃었다. 리프는 간단한 주문을 걸어 몇 시간만 지나면 밧줄이 저절로 풀리게 해 두었다.

알렉시스의 보이지 않게 하는 주문도 이제는 완전히 날아가 버렸다. 알렉시스가 두융의 땀을 받는 동안 점보가 꿈틀거리더니 깨어나기 시작했다. 두융의 이마에서 땀이 수돗물처럼 쏟아져서 할머니가 주신 작은 통은 금방 꽉 찼다.

"어… 머리 아파…"

점보가 신음했다. 그의 동족들도 의식을 되찾기 시작했다. 끙끙 소리와 신음이 차츰 동굴 안으로 퍼져 갔다.

"어… 어떻게 된 거지? 당신은 누구요, 그리고…."

점보의 눈이 거의 머리에서 튀어나올 뻔했다.

"도대체 어째서 두융을 데리고 있는 거요? 두융은 미친 듯이 위험하다고!"

서로 자기소개를 마친 뒤에 할머니가 이제까지 있었던 일을 알려 주었다. 옴바크 유목민 모두 얼굴에서 핏기가 사라지고 백지장처럼 하얗게 변했다. 얼마나 끔찍한 운명에서 간신히 탈출한 것인가!

점보의 진짜 이름은 살레였으며 그는 이 옴바크족의 대장이었다. 그는 손을 뻗어 할머니와 굳게 악수했다.

"저와 제 종족 모두 공주님 덕분에 목숨을 건졌습니다. 두융에게서 저희를 구해 주셔서 감사합니다. 저희가 이렇게 쉽게 경계를 풀었다니 믿을 수가 없네요. 두융이 이렇게 육지에 가까이 올 거라고는 상상도 못 했어요!"

그는 한쪽 손바닥을 가슴에 대고 고개를 숙였다.

"트리샤 공주님, 부군의 치료를 위해 바쿠와 루이킹 꽃을 찾고 계신다고 말씀하셨지요. 두 가지 모두 미스트 변두리에 있는 우종섬에서만 발견할 수 있다는 건 이미 알고 계실 겁니다."

할머니가 알렉시스를 바라보았다.

"루이킹은 첫 번째 봄꽃의 이름이야. 해가 동쪽에서 뜨기 때문에, 세상의 가장 동쪽 끝에 있는 우종섬이 미스트에서 가장 먼저 봄을 맞이하는 곳이지."

할머니는 살레에게 하던 얘기를 계속하라고 손짓했다.

"광대한 바다 위를 날아서 건너가시지 않는다면 그곳에 갈 수 있는 유일한 방법은 저희 배를 타는 것뿐입니다. 미스트에서 그 어떤 배도 아닌 저희 배만 가능합니다. 제정신인 자라면 아무도 감히 나서지 않을 테니까요. 그리고 제정신 아닌 자가 나선다 해도 할 수가 없을 겁니다. 세상의 끝에서 요동치는 강력한 물살에 휩쓸리지 않고 헤쳐 나가는 항해 기술은 우리 종족만이 가지고 있으니까요."

살레가 다시 고개를 숙였다.

"감사의 표시로 제가 직접 모셔다 드릴 수 있다면 영광이겠습니다. 두융은 가는 길에 먼바다로 데리고 가서 놓아주면 되겠지요."

***

알렉시스는 신이 났다. 전에는 배를 타 본 적이 없었고, 게다가 이렇게 크고 멋진 배를 탈 거라고는 생각지도 않았다. 배에는 남자, 여자, 아이들 ―몇 세대나 되는 가족들을 다 합쳐서 200명이 훨씬 넘는 이들―이 타고 있었다. 그냥 '배'라고 하는 건 절대로 적절한 이름이 아니었다. 그것은 사실 바다에 떠다니는 마을이었다. 살레의 아내 아킬라가 귀여운 더벅머리 아들 자인과 함께 그들에게 배를 구경시켜 주었다. 자인은 네 살이나 다섯 살 정도였고 거의 언제나 엄마의 왼쪽 다리에 붙어 있었으며, 아킬라의 긴 치맛자락 뒤 혹은 가끔은 아래에 파묻혀 보이지 않을 때도 자주 있었다.

배 전체는 4층 구조였다. 갑판 아래 두 층, 갑판 위에 한 층, 그리고 물론 갑판 자체도 하나의 층이다. 가장 아래층에는 대부분 객실과 생활 공간이 있었고 창고와 커다란 도서실도 있었다. 부엌, 식당, 치료실과 마을 공동 회관은 갑판 바로 아래층에 있었다. 주갑판에는 빨래하는 곳과 알렉시스가 크게 관심을 가진 농업 구역이 있었는데, 여기서는 채소와 나물만 키우는 것이 아니라 가축도 기르고 있어서 젖을 공급해 주는 염소, 닭, 오리들이 살았다.

그리고 또 주갑판에는 일행을 두융의 소굴과 이 배로 실어 나른 노 젓는 긴 배가 오른쪽에 두 척, 왼쪽에 두 척, 합해서 네 척 놓여 있었다. 이 배들은 미스트 본토 하구의 강가처럼 물이 너무 얕아서 거대한 배가 헤쳐 나갈 수 없는 곳을 마주치면 선원들이 타고 나가는 데 사용했다. 조종실과 선장실은 위쪽 갑판에 있었다. 단단한 나무로 만든 높은 돛대 다섯 개가 윗 갑판 가장자리에 늘어서서 모두 돛을 한껏 펼치고 있었다. 좋은 바람이 불어와서 배는 바다 표면을 전속력으로 미끄러져 갔다.

배를 구경시켜 준 뒤에 살레는 자신의 사무실인 조종실, 즉 선교로 그들을 데려갔다. 일행은 살레와 동료들이 항해 경로를 결정하기 위해 지도와 도표를 열심히 들여다볼 때 사용하는 커다란 탁자 주위에 둘러앉았다.

이 시점에서 리프의 얼굴은 형광 초록색으로 변한 채 혈색이 돌아오지 않았다. 뱃멀미가 나는 것이다. 알렉시스도 그다지 좋은 상태는 아니었다. 이제까지 단단한 땅을 얼마나 당연하게 여겼는지 알렉시스는 이제야 깨달았다. 땅이 그냥 가만히 있고 움직이지 않는다는 단순하지만 사랑스러운 사실 말이다!

살레는 웃었다.

"생강을 가져다줄 테니까 냄새를 맡아. 그전까지는 숨을 깊이 쉬어 봐. 신선한 공기가 들어올 수 있게, 그리고 너희가 밖을 볼 수 있게 내가 문과 창문을 전부 활짝 열어 뒀어. 수평선을 계속 바라보도록 해. 금방 바다에 익숙해질 거야!"

리프는 끙끙거렸고 점심밥이 잘못된 방향으로 ―아래쪽이 아니라 위쪽으로― 향하지 못하도록 누르는 데 또다시 집중하는 것 같았다. 이 시점에서 리프는 배의 모든 층에 있는 모든 화장실을 다 가 보았다.

"어…. 살레 선장님? 뭐 하나 물어봐도 돼요?"

알렉시스가 구역질하지 않으려 애쓰면서 용기를 내어 물었다. 살레는 유쾌하게 웃음을 터뜨렸다.

"그냥 살레라고 불러! 당연히 되지!"

"우종섬이 세상의 끝에 있다고 하셨죠. 정말이에요? 미스트가 그냥 끝나는 지점이 있단 말이에요? 끝, 없음, 진짜 그렇게요?"

살레가 고개를 끄덕였다.

"그래…. 그리고 아니기도 하지. 미스트의 가장 먼 바깥쪽에서 이 거대한 바다가 끝나고 바닷물이 끝없이 거대한 폭포처럼 가장자리 너머로 흘러넘치거든. 이 무시무시하게 큰 폭포를 '바다낭떠러지'라고 해. 왜냐하면 바다 전체가 낭떠러지로 떨어지니까…."

살레가 양손을 빙글빙글 돌리며 앞으로 내밀어 떨어지는

몸짓을 해 보였다.

"우종섬은 바로 그 흐름이 넘어가는 곳 가장자리, 바다낭떠러지 동쪽 끝에 있거든. 그래서 거기로 배를 타고 가는 게 너무 위험한 거야."

살레는 팔을 들었다.

"살짝 미끄러지기만 해도…."

살레의 손이 아래로 떨어졌다.

"휘이이이익! 작별이야! 끝장이지!"

"어디로 가요? 어디로 떨어지는데요?"

"그걸 알아낼 일이 없기를 바라야지!"

살레가 킥킥 웃었다. 그의 아내 아킬라가 설명했다.

"바다낭떠러지는 미스트의 끝을 표시하는 경계선이야. 그 바깥의 땅은 버려진 황무지이고 안개와 그림자의 영역이야."

"그림자와 안개를 합하면 그림자안개야! 연기와 그림자안개를 합하면 그림자연기안개야!"

살레의 아들 자인이 처음으로 엄마의 치맛자락 뒤에서 고개를 내밀고 당당하게 선언했다.

"어머, 자인, 고마워, 난 몰랐는걸!"

알렉시스가 웃으며 소년의 머리를 쓰다듬었다.

자인이 수줍게 외쳤다.

"천만에!"

그리고 엄마 뒤로 다시 숨어 버렸다.

할머니가 끼어들었다.

"지금 가는 방향에만 집중하기로 하자. 살레, 우종섬에 대해 더 얘기해 주겠나? 난 한 번도 가 본 적이 없어서 별로 아는 게 없어."

"물론이죠, 전하. 거기까지 가 본 사람은 많지 않습니다. 우종섬의 서쪽 해안은 초승달 모양입니다. 덕분에 자연적인 선착장이 형성되고 바로 바깥에 있는 성난 물결에 휩쓸리지 않는 조용한 바닷물의 오아시스처럼 되어 있어요. 거기에 배를 댈 겁니다. 섬의 지형은 거기서부터 위로 경사져 올라가서 동쪽에 높은 산이 솟아 있습니다. 그 부분이 바다낭떠러지 위로 솟아오른 곳이고, 산 위에서 아래의 거대한 심연을 내려다볼 수 있지요. 그 산은 '가려진 산'이라 불리는데, 왜냐하면 어두운 안개, 혹은 자인이 말했듯이 그림자안개로 가려져 있는 일이 많기 때문입니다. 공주님이 찾으시는 두 가지 재료가 있는 곳도 그곳입니다. 바쿠들은 산의 동굴 속에서 삽니다. 그리고 산꼭대기에는 커다란 민물 호수가 있습니다. 그 호수 한가운데 아주 조그만 섬이 있지요. 섬 안의 섬이라고 할 수 있습니다! 그 조그만 섬에서 봄의 첫 번째 꽃인 루이킹을 찾으실 수 있습니다."

"옛 민요 기억해?"

아킬라가 신비한 곡조를 흥얼거렸다.

봄이 처음 인사하는 곳은 겨울이 처음 닥쳐온 그곳.

산꼭대기에 첫 꽃이 피어나네.

새벽과 황혼이 처음 만나는 그곳….

"흠, 들어 본 것 같기도 하고."

할머니가 계속 물었다.

"우종섬에는 또 뭐가 있지? 우리가 알아 둬야 할 위험은 없나? 아니면 그냥 산 위로 올라가기만 하면 되나?"

살레가 진지하게 고개를 끄덕였다.

"섬까지 가는 것 자체가 쉬운 일이 아닙니다. 하지만 섬에 들어가 머무는 것은 또 완전히 다른 얘기지요! 온갖 종류의 무시무시한 육식 생물들이 그곳에 숨어 있습니다. 예를 들면 카프레스와 불꽃거인 같은 것들이지요. 그리고…."

살레가 할머니와 리프를 바라보았다.

"마법을 쓰시는 분들께는 유감스럽게도, 우종섬에서는 마법이 작동하지 않습니다."

16. 마법이 걸리지 않는 섬

할머니가 긴장한 얼굴로 알렉시스를 쳐다보았다. 리프가 끙끙거렸다.

"섬의 기이한 특성 중 하나입니다, 오래된 주문이 걸려 있어서 그렇지요."

살레 선장이 설명했다. 알렉시스의 심장이 쿵 내려앉았다.

'굉장하군. 우리한테 차암 필요하네. 또 괴물이라니. 게다가 보호 대책도 없고.'

리프가 좀 더 끙끙거렸다. 할머니가 자리에서 몸을 앞으로 기울여 이마 양쪽을 문질렀다. 살레가 조금 더 명랑한 목소리로 말했다.

"하지만 좋은 소식도 있습니다. 우선 지금은 겨울이라서 거의 모든 생물들이 겨울잠을 잡니다. 둘째로, 아직도 깨 있는 괴물들은 어둠과 추위를 좋아합니다. 몇몇은 열기를 못 견디고 대부분 밝은 빛을 아주 싫어합니다. 그러니 낮 동안에만 다니시면 마법도 필요 없을 겁니다! 밤에는 불을 피워 놓는 것이 가장 좋지요. 그것만이 괴물의 저녁밥이 되지 않도록 막아 주고 안전한 여행을 보장할 겁니다."

살레는 책상으로 가서 서랍을 열어 먼지투성이의 구깃구깃한 종이 두루마리를 꺼냈다.

"마지막으로 아주 쓸모 있는 물건입니다. 섬의 지도입니다."

살레는 두루마리를 탁자 위에 펼쳤다.

"여기 표시된 길로 가시는 게 가장 안전합니다."

그리고 집게손가락으로 지도를 톡톡 쳤다.

"여기 보이시죠? 여기에서 내리실 겁니다. 그리고 이 길을 따라서….'

살레는 선을 따라 손가락을 움직였다.

"가시면 사람 잡아먹는 늪이나 불구덩이 같은 위험 지역을 피하실 수 있어요. 여기, 여기하고 여기가 그런 위험 지대이고요. 그리고 대부분의 괴물들이 집으로 삼은 동굴이나 땅굴도 피하실 수 있지요. 목적지에 도착하실 때까지는 길이 명확하게 잘 보일 겁니다."

살레의 손가락이 섬 지도의 대부분을 차지하는 색칠된 산에서 멈추었다.

"여기가 '가려진 산'입니다."

산은 그림일 뿐인데도 굉장히 불길해 보였다. 리프가 한탄했다.

"아… 그러니까 우리는 산에서 잡아먹힐 거야!"

"내 주의 사항을 따르지 않으면 말이지."

살레가 반박했다.

"두 가지 고지대 괴물들만 조심하시면 됩니다. 오니와 쿠데라죠."

리프가 창백해졌다. 리프는 양손으로 몸을 감싸고 한껏 웅크린 채 앉은 자리에서 몸을 앞뒤로 흔들기 시작했다. 살레가 말을 이었다.

"오니는 눈 속에 사는 괴물입니다. 커다랗고 흉측하고 고기를 좋아하는 거인들이죠. 하지만 다행스럽게도 별로 똑똑하지는 않습니다. 오니들은 산 아래쪽에서 돌아다니는데, 주로 쿠데라를 피하기 위해서입니다. 그리고 쿠데라에 대해서 말씀드리자면, 말처럼 보이지만 완전히 연기로 되어 있습니다. 산 꼭대기 부근에 떠다니는데 그래서 '가려진 산'이라는 이름이 생겨난 거죠. 특히 쿠데라가 많이 모일 때는 짙은 안개처럼 보입니다."

아킬라가 살레의 설명을 이어 받으며 덧붙였다.

"쿠데라는 사실 저 아래쪽 버려진 황무지에서 나와. 날아다닐 수 있기 때문에 거대한 바다낭떠러지를 올라올 수 있는 거야."

리프가 갑자기 자리에서 똑바로 일어나 앉더니 손바닥으로 탁자를 쾅 내리쳤다.

"난 못 하겠어! 오니는 무엇보다도 케니트 고기를 가장 좋아한단 말이야! 그리고 쿠데라의 독 있는 숨결을 한 번 맡기만 해도 공포로 가득 차게 된다고! 끝이야. 난 안 할래. 집에 갈 거야!"

살레가 리프의 어깨에 손을 올렸다.

"벌써 도망가면 안 되지!"

리프가 노려보자 살레는 즐거운 듯 웃었다.

"하하! 미안해! '간다'고 하니까 말장난을 하고 싶어져서!"

살레는 알렉시스를 바라보았다.

"있잖아, 바로 이 때문에 쿠데라가 '몽마'라는 이름으로도 불리는 거야. 말처럼 생기기도 했고, 나쁜 꿈을 꾸게 하거든!"

살레가 말을 이었다.

"진정해, 리프. 다행히도 오니와 쿠데라 모두 두 가지, 물과 빛을 아주 싫어해. 그러니까 다시 말하지만 낮에 다니고 밤에는 불을 피워 두면 괜찮을 거야!"

살레가 다시 지도를 톡톡 쳤다.

"그리고 이쪽에는 봄의 첫 번째 꽃이 피는 산꼭대기로 가는 지름길이 있어요. 이쪽으로 가면 괴물들을 대부분 피해서 산꼭대기 바로 옆에 있는 공터로 안전하게 돌아갈 수 있을 겁니다. 지름길로 가려면 이렇게 하면 됩니다. 아까 말씀드린 큰 민물 호수 기억하시죠? 산꼭대기에 있는 호수 말입니다."

모두 고개를 끄덕였다.

"자, 그 호수는 쌍둥이폭포를 이루어 산꼭대기에서부터 중턱에 있는 더 작은 호수로 떨어집니다. 예, 여기 말입니다."

살레가 지도를 톡톡 쳤다.

"이 두 폭포 뒤에는 비밀의 동굴이 있습니다."

살레가 고개를 들어 일행을 쳐다보았다.

"이 두 동굴 중에서 하나는 산꼭대기로 가는 지름길로 이어지지만 다른 하나는 불행히도 막다른 길로 이어집니다."

그는 기침을 했다.

"어… 그런데 솔직히 말씀드리자면 어느 게 어느 쪽이었는지 기억이 안 납니다. 막다른 동굴이 오른쪽이었던 것 같습니다. 그렇다면 왼쪽에 있는 동굴이 지름길로 가는 올바른 입구겠지요. 아니면 제가 헛갈린 건지….”

알렉시스는 뒤통수를 긁었다.

‘으어어, 어지럽다. 뱃멀미가 심해지잖아. 그러니까 왼쪽 폭포 뒤에 있는 동굴로 가라는 건가?’

“어, 죄송하지만 좀 혼란스러워요. 옳다는 뜻의 올바른 입구인가요, 아니면 왼쪽이 아니라 오른쪽이라는 말씀인가요?”

리프가 양손을 쳐들었다.

“와, 알렉시스, 고맙다! 모든 일이 훨씬 명확해졌네!”

살레가 어깨를 움츠렸다.

“어, 미안해! 나도 헛갈린다. 모르겠어. 있잖아, 내 생각엔 시간 여유를 충분히 두고 양쪽 동굴을 다 탐색해 보는 게 최선일 것 같아. 그게 제일 안전한 방법이야.”

살레는 자기 말에 스스로 고개를 끄덕였다.

“맞아. 그게 최선이야. 하여간! 어느 동굴이 어느 쪽인지 알아내고 나면 폭포 안으로 뛰어들면 돼. 그러면 폭포수가 보호막 역할을 해 주니까 쿠데라도 오니도 감히 따라오지 못할 거야. 둘 다 젖는 걸 아주 싫어하거든. 오니는 목욕하는 걸 싫어하고 쿠데라는 글자 그대로 녹아 버려. 왜냐하면 쿠데라는 연기 말이지 바다 말이 아니거든! 하하!"

아무도 따라 웃지 않는다는 사실을 깨닫고 살레는 재빨리 이야기를 계속했다.

"아 맞다, 거의 잊어버릴 뻔했는데 오니들의 야영지가 동굴 입구에서 멀지 않은 곳에 있으니까 조심해. 살금살금 피해서 돌아가야 할 거야."

"아 그래. 느긋하게 산책하면 되겠네. 멋지군!"

리프가 코웃음 쳤다.

"그 눈 괴물들은 십 리 밖에서도 케니트 고기 냄새를 맡을 수 있다고. 하지만 그런 건 문제가 아니겠지, 전혀 아무도 신경 쓰지 않을 거야!"

"그래, 사실 전혀 문제가 안 돼. 내가 말했듯이 낮에 다니기만 하면 오니들은 햇빛을 피해 숨어 있을 테니까!"

살레가 반박한 뒤에 이야기를 계속했다.

"리프가 무례하게 말을 가로막기 전에 계속할게. 내가 어디까지 했더라? 아 맞아. 공주님, 폭포를 뚫고 동굴 안으로 들어가면 안심해도 됩니다. 오니와 쿠데라 모두 물을 싫어하기도 하고, 둘 다 동굴 안에 있는 친구들을 죽도록 무서워하거든요."

할머니는 이때까지 침묵을 지켰다. 살레의 말에 할머니는 양손으로 머리를 감쌌다.

"아니 잠깐, 동굴 안에 괴물이 또 있다고? 쿠데라와 오니만 걱정하면 되는 게 아니었단 말이야?"

"걱정 마세요, 전하."

살레가 장담했다.

"동굴 안의 친구들은 공주님을 먹으려 들지 않을 거예요. 무서워 보이긴 하지만 해를 끼치진 않고 그냥 짜증 나는 정도일 겁니다."

그리고 살레는 자세히 이야기했다.

"설명해 드리죠. 올바른 동굴, 그러니까 막다른 길로 이어지지 않는 동굴로 계속 가시다 보면 '한숨의 동굴'이 나올 텐데요. 여기에 도달하시면 사랑스러운 산의 노인인 '은둔자'를 만나 보실 수 있을 겁니다. 그리고 은둔자에게 잘 얘기해 보시면 아마 그가 공주님 일행이 찾는 재료에 필요한 바쿠를 만나게 해 줄 텐데요. 바쿠는 지금쯤 겨울잠을 자고 있을 것이기 때문에 사실은 산꼭대기에 바로 가서 꽃을 먼저 구하시는 쪽을 추천해 드립니다. 바쿠는 그 뒤에 내려오면서 언제든 만나실 수 있습니다."

아킬라가 거들었다.

"알렉시스, 미안하다, 새로운 이름과 주의 사항이 너무 많아서 아마 머리가 어지럽겠지! 혹시 모를까 봐 물어보는데 바쿠가 뭔지 아니?"

"네, 알아요! 꿈 먹는 존재들이죠!"

아킬라가 고개를 끄덕였다.

"악몽을 먹는 존재들이지, 정확히 말하자면. 바쿠는 쿠데라를 먹어서 사람이 악몽을 꾸지 않게 해 준단다. 실제로 섬에 있는 괴물들 대부분이 바쿠를 두려워 해, 오니도 마찬가지고."

할머니가 캐물었다.

"그 산의 노인에 대해서 좀 더 자세히 말해 주게. 어떻게 해야 잘 얘기해 볼 수 있지?"

"어… 좋은 질문입니다. 저희도 사실 잘 모르는데요, 노인이 항상 저희 종족을 싫어했거든요. 그 부분은 스스로 해결하셔야 할 것 같습니다."

살레는 말을 멈추고 소심한 미소를 지었다.

"저기, 솔직히 말씀드리면 노인이 '사랑스럽다'는 건 제가 좀 과장한 것 같습니다."

알렉시스가 신음했다.

"멋지군! 안 그래도 리프를 참아 줘야 하는데 거기다가 성질 나쁜 노인이 하나 더 늘어난다고?"

"아니, 산의 노인이 모든 면에서 다 나쁘기만 한 건 아냐. 약간 정신이 이상하고 바쿠를 좀 지나치게 보호하려 들 뿐이지. 특히 과거에 겪은 일이 있으니까 말이야. 그러니까 해를 끼치려는 게 아니라고 설득을 좀 해야 할 거야."

"과거에 무슨 일을 겪었는데요?"

알렉시스가 의아한 눈으로 살레를 쳐다보았다.

"그리고 이 섬에 대해서 어떻게 그렇게 잘 알아요? 섬에서 오래 머무르면 안 되는 거 아니었어요?"

아킬라가 감탄했다.

"오오오오, 손녀분이 아주 날카로우시군요. 안 그래요, 전하?"

할머니가 미소 지었다.

"굉장히 자랑스러우시겠어요!"

그리고 아킬라는 알렉시스에게 대답했다.

"우리가 항상 배에서 살았던 건 아냐. 옛날 옛적 아주 오래 전, 몇 세대나 전에 우리 종족은 섬에서 살았어. 그 섬이 바로 우종섬이지."

"그 시절에 내 조상들은 어부였고 지금 우리처럼 바다에서 물고기를 잡아 생활했지만 그땐 안전하게 해변에서 살았어. 조상들은 단순한 종족이었고 그저 먹고살기 위해서 단순한 마법을 사용하며 행복하게 살았지."

아킬라가 말을 멈추었다.

"처음에 그들은 아주 가끔씩만 사냥을 했어. 하지만 점차 사냥에 맛을 들이기 시작했고 특히 바쿠를 좋아하게 되었지. 그들은 바쿠 고기로 배를 채웠어. 바쿠 털로 옷을 해 입었지. 그리고 바쿠 송곳니로 보석과 예술품과 가구 등, 허영심을 채우기 위한 모든 것을 만들었어.

이 모든 것은 또한 미스트 본토에서도 아주 귀하게 여겨져서 높은 값을 받고 비싸게 팔렸지. 조상들은 욕심이 커지는 만큼 마법의 힘을 빌려서 더 많이 사냥했어. 그리고 조상들이 사냥을 많이 할수록 남아 있는 바쿠는 점점 적어졌지.

그리고… 반대로 몽마를 먹는 바쿠가 적어지니까 그만큼 쿠데라의 숫자가 많아졌어. 결국 우종섬은 악몽의 섬이 돼 버렸어."

알렉시스는 놀랐다.

"헐! 그래서 어떻게 됐어요?"

"그래서 산의 노인이 나섰어. 사랑하는 바쿠들이 죽어 간데 분노해서 산의 노인은 우리 종족에게서 모든 마법을 빼앗아 버렸지. 그리고 미래의 위협에서 바쿠들을 보호하기 위해 섬 전체를 둘러싸는 '마법 반대' 주문을 걸어 버렸어.

그 때문에 우리는 우리 손으로만 일해서 먹고살 수밖에 없게 됐어. 그래서 사냥도 하지 못하게 됐지. 내 조상들은 이 모든 것을 뺏겨서 무척 분노했고 그래서 함께 힘을 모아 산의 노인에게 한 방 먹이고 마법의 힘을 되찾아 오기로 했어.

하지만 그 교활한 늙은이는 너무 강력했고, 그래서 벌로 내 종족을 모두 섬에서 영원히 추방해 버린 거야. 그리고 산의 노인은 조상들과 그 아이들이 혹시라도 돌아온다면 섬 해변의 모래에 발이 닿는 순간 모두 먼지로 변해 버릴 것이라고 경고했어.

생명의 위험을 피해 조상들은 배를 타고 영원히 고향을 떠났어. 그리고 그때부터 아주 오랫동안 우리 옴바크 종족은 바다 유목민이 돼서 영원히 물결 위를 떠돌며 언젠가 고향에 돌아갈 날을 꿈꾸고 있는 거야."

살레가 끼어들었다.

"알겠지? 그래서 우리가 너와 공주님과 케네트를 섬 가까운 곳까지는 데려가 줄 수 있지만 섬 안에 데려다주거나 함께 재료를 구하러 갈 수 없는 거야. 미안하지만 섬에 내린 뒤부터는 스스로 알아서 해야 해. 하지만 우리가 가까이 정박하고 바로 여기 배 위에서 응원하고 있을게!"

살레는 양손으로 자기 허벅다리를 탁 내리쳤다.

"자, 시간이 늦었습니다. 죄송해요, 다들 피곤하시겠죠. 알려 드릴 정보가 너무 많았어요."

살레가 자리에서 일어섰다.

"우종섬까지 가는 데 거의 한 달이 걸립니다. 그러니까 편하게 지내세요. 제 부하들이 선실을 준비해 두었습니다. 아늑하게 잘 해 뒀을 겁니다."

'이 배에서 한 달이나!'

알렉시스의 심장이 다시 덜컹 내려앉았다.

'견딜 수 있을지 모르겠네! 할머니가 여기 미스트에서는 지구보다 시간이 빨리 흐른다고 하셨지. 하지만 한 달이나! 지구에서 그게 얼마나 되는 시간이든 그때쯤이면 엄마하고 아빠가 내가 어디 갔는지 찾기 시작하실 거야!'

리프가 부르짖기 시작했다.

"안돼애애애애! 나 당장 이 배에서 내려 줘! 여기선 하루도 더 못 버티겠어! 이젠 더 토할 것도 안 남았어! 계속 이러다간 폐와 장을 토하게 될 거라고!"

살레는 코웃음을 치며 리프를 한쪽으로 밀어냈다. 그러나 갑자기 그의 얼굴이 걱정으로 어두워졌다.

"한 달. 흠. 그러니까 즉, 우리가 닿을 때쯤에는 겨울이 거의 끝나고 봄이 찾아오기 시작할 거라는 뜻이죠. 그건 안심하기엔 너무 아슬아슬한데요.”

살레는 손가락으로 지도에서 ‘가려진 산’ 꼭대기 부분을 톡톡 쳤다.

“꽃은 오로지 봄의 첫 새벽에 피었다가 정오에 시듭니다. 꽃을 구하려면 그 아침나절 딱 한 번밖에 기회가 없습니다. 시간이 별로 없네요, 정말로 시간이 없어요.”

그는 주먹을 꽉 쥐었다.

“두려워하지 마십시오. 저와 부하들이 최대한 빨리 섬에 도착하기 위해 최선을 다하겠습니다. 여기서부터는 돛을 전부 펼칠 겁니다. 할 수 있는 한 최대로 많은 시간을 벌어 드리겠습니다.”

살레는 문 쪽으로 향했다. 그러나 갑자기 멈추어 서서 몸을 돌렸다.

“아, 그리고 제가 드린 말씀 잊지 마십시오. 저 섬에서 빛은 생명이고 어둠은 죽음입니다. 이 점 기억하시고 오늘 밤 편히 쉬십시오!”

자신의 재치 있는 표현에 스스로 만족했는지 살레는 혼자 웃으며 성큼성큼 걸어 나갔다.

“제 남편의 실례를 용서하세요.”

아킬라가 눈을 반짝이며 사과했다.

"유머 감각이 가끔은 좀 괴로워서요."

그리고 아킬라는 격려하듯 미소 지었다.

"네, 하지만 어둠이 위험하다는 말은 맞아요. 그래도 기운 내세요. 아까 그 이야기는 이렇게 끝나거든요."

모든 것이 망가지고 모든 희망이 사라졌을 때,

믿음을 가져라, 새벽이 오기 전의 밤이 가장 어두운 법.

가장 외로운 그 시간에 봄의 빛이 태어난다···.

17. 변신

깊은 밤, 해진 뒤 어둠이 동틀 무렵의 하늘로 스머드는 그 문턱 어딘가의 시간이었다. 바로 몇 시간 전 살레로부터 우종 섬에 대한 흥미로운 이야기를 들었기 때문에 알렉시스는 어렵게 잠들었다가 자꾸 깨곤 했다. 게다가 아직도 엄청나게 뱃멀미에 시달리고 있었다. 조금 전에 깜짝 놀라 깨어났는데, 일어나 보니 알렉시스는 식은땀에 흠뻑 젖어 있었다.

'으아… 누워 있어 봤자 좋을 게 없어. 바람 좀 쐬어야겠다.'

몇 겹이나 되는 담요를 발로 차서 옆으로 밀어 내고 알렉시스는 베개 밑에 두었던 손전등을 집어 들어 손전등을 켰다. 손전등이 깜빡거렸다.

'건전지를 새로 갈 때가 됐구나.'

알렉시스는 생각했다.

'다행히 가방 안에 많이 있지.'

손전등을 힘주어 두드리자 안정적인 불빛이 되돌아왔다. 알렉시스는 이 층 침대 위층에서 조심스럽게 아래로 내려왔다. 아래층 침대는 비어 있었다.

'할머니가 이 밤중에 어딜 가신 거지?'

문 손잡이에 손을 댔을 때 어떤 생각이 떠올랐다.

'흠. KC가 괜찮은지 한번 보자. 걔도 바람 쐬어야 할지 모르니까.'

알렉시스는 후들거리는 다리를 움직여 비틀거리면서 이 층 침대 옆의 조그만 책상으로 휘청휘청 걸어갔다. 곤충에게 손전등 불빛을 정면으로 비추지 않으려 조심하면서, 알렉시스는 어스름한 빛 속에서 책상 주변을 더듬거리다가 로스만 담뱃갑을 놓아둔 곳에 손이 닿았다. 천천히, 빛을 좀 더 잘 받기 위해 손전등을 몇 번 더 흔들고 나서 알렉시스는 노란 불빛을 양철 담뱃갑에 조금 더 가까이 대었다.

그리고 알렉시스는 공포에 질렸다. KC가 없어졌다!

쿵쾅거리는 심장을 안고 알렉시스는 손전등을 가까이 대고 자세히 살펴보았다. 로스만 담뱃갑 안쪽 옆 부분에 갈색으로

단단히 감긴 초승달 모양의 덩어리가 붙어 있었다. 알렉시스
는 불현듯 깨달았다.

'KC가 고치를 만들었구나! 할머니한테 말씀드려야지!'

선실을 나와서 알렉시스는 갑판으로 올라가는 계단에서 넘
어질 뻔했다. 배가 계속 위아래로 흔들렸기 때문이다. 알렉시
스는 온 힘을 다해 난간에 매달렸고, 계단을 오를 때마다 배
가 흔들리는 박자에 맞춰 타이밍에 맞게 발을 들어 올렸다.

마침내 알렉시스는 위층에 닿았다. 머리를 내밀자마자 세
찬 바닷바람이 알렉시스를 맞이했다. 알렉시스는 깊이 숨을
들이쉬었다.

'아아아아! 바다 공기다.'

혀에 닿는 맛이 약간 짭짤했지만 바람은 깨끗하고 시원하
게 느껴졌다. ―새로 빨래한 옷이 얼굴에 닿는 것 같았다―
알렉시스는 바람이 지나갈 때마다 구역질이 조금씩 사라지는
것을 느낄 수 있었다.

"잠이 안 오니, 아가야?"

뒤에서 들려온 목소리 때문에 알렉시스는 숨이 잠깐 멎을
뻔했다. 알렉시스는 재빨리 손전등 불빛을 주변에 비추어 보
았다. 할머니였다. 할머니도 갑판 난간에 기대 밖을 바라보고
있었다.

알렉시스는 고개를 끄덕였다.

"나도 마찬가지야. 우리 둘 다 생각할 게 많아서 그렇겠지."

할머니가 말했다. 알렉시스도 맞장구쳤다.

"맞아요! 특히 살레가 우종섬에 대해 얘기해 준 걸 듣고 나니까 더 그래요!"

"맞아. 바로 그거야."

할머니가 잠시 침묵했다. 그리고 할머니는 수평선을 향해, 눈앞의 어둠 너머 어떤 곳을 망연히 바라보았다. 그동안 파도가 몇 번 솟아올랐다가 부서졌다. 마침내 할머니가 말했다.

"그래서 나하고 리프만 섬에 가기로 결정했다."

'방금 뭐라고 하셨어요?'

알렉시스의 턱이 굳어졌다.

"안 돼요! 전 집에 안 갈 거예요! 지금은 아니에요, 이렇게 가까이 왔는데!"

알렉시스는 주먹을 꽉 쥐었다.

"안 돼요, 할머니. 전 집에 갈 수 없어요. 할아버지한테 필요한 걸 다 모아야 해요, 그때까진⋯."

할머니는 고개를 흔들고 돌아서서 손녀의 턱을 부드럽게 양손으로 감쌌다.

"미안하다, 사랑하는 아가. 하지만 난 결정을 내렸어. 너도 살레가 하는 말을 들었지. 섬은 어른들에게도 너무 위험한데 아이한테는 어떻겠니? 낭마이나 두융을 마주쳤을 때 겪은 일만으로도 너무 아슬아슬했어."

할머니는 손가락으로 알렉시스의 머리카락을 빗어 주며 할아버지가 했듯이 알렉시스의 눈을 가린 머리카락을 쓸어 올렸다.

"잘 생각해 봐. 우종섬에선 마법이 통하지 않아. 리프도 나도 섬에 있는 여러 괴물들에게서 너를 보호해 주기엔 역부족일 거야. 너에게 준 패리 가루도 거기선 아무 쓸모없고."

'전 떠날 수 없어요! 그럴 준비가 안 됐다고요! 아직은 미스트를 떠나고 싶지 않아요. 아직 못 본 게 너무 많단 말이에요! 살아 있는 진짜 바쿠라든가….'

알렉시스는 항의하려고 입을 열었지만 할머니가 손가락을 들었다.

"나는 최종적으로 결정을 내렸어. 내 말 듣겠다고 약속했지. 기억하지?"

알렉시스는 대답하지 않았다.

"남편을 잃을지도 모르는데, 너… 너… 너까지 잃을 수는 없어."

할머니는 말을 멈추고 손가락 끝으로 눈가를 문질렀다. 그러곤 헛기침을 하고 마음을 가라앉혔다.

"내일 아침 일찍 널 집으로 돌려보낼 거다. 할아버지를 돌봐 주는 내 두웬데 요정 친구들이 너도 보살펴 줄 거야."

알렉시스는 여전히 침묵을 지켰다. 속으로는 마음이 점점 가라앉고 있었다. 알렉시스는 할머니에게 반박해 봤자 소용없다는 것을 깨달았다. 할머니는 이미 결정을 내렸다. 알렉시스는 할머니에게서 떨어져 까만 허공을 바라보았다.

마음속 깊은 곳에서는 알렉시스도 알고 있었다. 할머니 말씀이 옳았다. 절대로 인정하고 싶지 않았지만 우종섬은 정말로 무서웠다.

'내가 할아버지를 구하는 건 어림도 없겠네. 나 때문에 이렇게 엉망진창이 됐는데 정작 나는 반쯤 와서 도망치고, 불쌍한 할머니가 뒷수습을 해야 하다니.'

알렉시스는 바닷물 방울이 섞인 바람을 폐 속으로 들이마셨다. 목구멍 뒤편에 소금기가 느껴졌다. 몰아치는 바람이 고마웠다. 바람은 알렉시스의 눈물이 흘러나오자마자 날려 버렸다.

'그리고 할머니. 나는 할머니를 이제 겨우 이해하기 시작했는데! 지금 와서 할머니를 잃을 수는 없어! 만약에 우종섬에서 할머니한테 무슨… 일이라도 생기면 어떡하지?'

이번에는 알렉시스의 볼에 흘러내리는 눈물을 낚아챌 만
큼 바람이 세지 않았다.

'만약에, 만약에 할머니를 다시 만날 수 없으면 어떡해?'

알렉시스는 몸을 돌려 할머니를 껴안았다. 눈물이 쏟아지
기 시작했다. 할머니가 알렉시스에게 팔을 두르고 힘껏 껴안
았다. 그리고 할머니도 울기 시작했다.

쇠와 얼음도 뚫을 수 없는 벽, 회복력과 강인함의 물러섬
없는 기둥, 세상을 떠받치는 흔들림 없는 강철같은 어깨. 그것
이 전부 부서지고 깨져 무너져 내렸다. 할머니의 눈물 한 방
울 한 방울이 유리 파편과 얼음 조각처럼 배의 나무 갑판 위
로 떨어졌다.

알렉시스는 할머니가 우는 모습을 보자 옴바크족의 뱀장
어 단검에 가슴을 찔린 것처럼 마음이 아팠다.

'아기처럼 굴지 마. 할머니는 더 힘들어. 최소한 난 이제 집
에 갈 수 있잖아.'

울음을 꿀꺽 삼키고 알렉시스는 조용히 말했다.

"알겠어요, 할머니. 저도 이해해요."

"고맙다, 아가야."

할머니가 훌쩍거렸다.

"널 보내는 게 얼마나 힘든지… 넌 상상도 못 할 거다."

마침내 두 사람은 울음을 멈추고 마음을 가다듬었다. 할머니와 손녀는 그렇게 서로를 껴안은 채 갑판에서 파도 소리만을 벗삼아 서 있었다.

알렉시스는 이제 미스트에서 머무르는 시간의 끝을 앞두고 어떻게 모험에 도움이 될 수 있을지 필사적으로 궁리했다.

손전등이 갑자기 다시 깜빡거렸다.

"음… 그 섬에 가시면 빛이 가장 필요하실 거예요, 할머니. 그러니까 할머니의 손전등에 전력이 최대한 필요할 거고요."

알렉시스는 손전등을 세게 쳐서 다시 안정적인 불빛이 돌아오게 만들었다.

"집에 가기 전에 제가 여분으로 가져온 건전지 다 드릴게요."

할머니는 손녀의 볼에 따뜻하게 입 맞추었다.

"사려 깊은 아가씨구나. 고맙다, 사랑하는 알렉시스."

"그리고… 할머니?"

"응, 아가야?"

"꼭 치료 약 가지고 돌아오실 거죠? 그렇지만 무엇보다도 제발, 제발 꼭 돌아오세요."

알렉시스는 얼굴 옆에서 또 한 방울의 눈물을 닦아 냈다.

오랜 침묵 뒤에 가늘고 지친 듯한 미소가 할머니의 입술에 떠올랐다. 할머니는 알렉시스의 등을 쓰다듬어 주고 몸을 기울여 손녀의 이마에 입 맞추었다.

"아가야, 최선을 다해서 네가 말한 두 가지를 다 이루겠다고 약속할게."

커다란 파도가 선체를 향해 달려와서 배가 붕 떴다가 옆으로 흔들렸다. 할머니와 알렉시스는 함께 난간에 단단히 매달렸다. 나무 양동이가 옆으로 굴러서 어둠 속으로 사라졌고 이어서 대걸레가 미끄러지며 뒤를 따랐다. 그 광경을 보고 두 사람은 자신들도 모르게 웃어 버렸다. 알렉시스는 손가락을 튕겼다.

'뭔가 잊어버렸다 싶었어!'

애초에 할머니에게 얘기하고 싶었던 소식이었다.

"아, 할머니, 그거 아세요? 제 애벌레 KC가 고치를 지었어요."

할머니는 눈물 겨운 얼굴로 웃으며 고개를 끄덕였다.

"그거참 반가운 소식이구나!"

"네! KC는 이제 나비가 될 거예요! 아니면 나방이거나요!"

"안전하게 잘 보관해라. 고치는 특히 연약하거든."

"그럴게요, 할머니."

알렉시스는 KC에게 날개가 달리면 어떤 모습일지, 날개가 어떤 색깔일지 상상했다.

'내가 그 불쌍한 애벌레를 추운 바깥으로 던져 버리지 못하게 할아버지가 막아 주셔서 정말 다행이야.'

그리고 그때, 바로 거기서, 따뜻한 파도가 마음 안쪽에서 물결치며 솟아오르듯, 알렉시스에게 어떤 생각이 떠올랐다.

'할아버지.'

알렉시스는 할아버지가 처음 KC를 보고 눈짓했을 때 그 반짝이던 눈초리를 기억했다.

'가끔은 말이다 알렉시스… 우리 중에서 가장 작은 것이… 우리 중에서 가장 멋진 존재가 될 수 있단다.'

"알고 계셨어요. 할아버지는 알고 계셨어요."

"뭐라고 했니, 아가야? 누가 뭘 알고 있었다고?"

"할아버지요. 저한테 KC를 주면서 반려 곤충으로 데리고 있으라고 하셨을 때부터 아마 KC가 보통 곤충이 아니라는 걸 알고 계셨을 거예요."

"분명히 알고 계셨을 거다. 너도 알잖니, 할아버지는 항상 사람을 놀라게 하시지. 할아버지가 주는 선물은 단순히 그냥 선물일 때가 별로 없어."

"고치를…."

알렉시스는 목에 치받쳐 올라오는 덩어리를 삼켰다.

"고치를 할아버지께 보여 드리고 싶어요. 지금 모습을…. 그리고 고치를 깨고 나올 모습도…."

갑자기 마음속 댐에 금이 갔고 기억이 홍수처럼 쏟아져 들어오기 시작했다.

할아버지가 얼마나 그리운지, 할아버지의 '사무실'에서 함께했던 산책, 잠들기 전의 수다, 그리고… 그리고… 할아버지의 이야기들! 그날 밤으로 돌아가서 할아버지를 놀리고 이야기가 지루하다고 짐짓 불평하지 않고 할아버지의 이야기를 얼마나 좋아하는지 말씀드릴 수만 있다면! 그리고 리프의 집을 밟은 사람은 알렉시스 자신이라는 것, 기억이 깨진 사람은 자기 자신이었어야 했다는 것도. 할아버지가 아니라….

그리고 이제 알렉시스는 할아버지를 구하는 일을 돕기 위해 여기 남아 있을 수조차 없었다. 불쌍한 할머니가 혼자서 뒷일을 떠맡게 내버려 두고….

알렉시스의 눈에 다시 눈물이 고이기 시작했다. 할머니가 옆에서 몸을 숙이고 알렉시스의 양 어깨를 꽉 잡았다.

"믿음을 가져, 아가야. 우리는 꼭 할아버지를 구할 거야. 우리는 꼭 치료 약을 찾아낼 거야."

할머니는 레이스 손수건으로 손녀의 눈가를 닦았다. 알렉시스는 양팔을 할머니에게 뻗어 꼭 껴안았다.

"할머니 말씀이 맞아요. 우린 거의 다 왔어요. 재료 몇 가지만 더 찾아내면 돼요."

갑자기 바로 조금 전에 들었던 어떤 말이 마치 나비가 유리창에 날아오듯 도로 날아와서 알렉시스의 마음속에 박혔다.

선물.

"할머니?"

"그래, 아가야?"

"선물이라니 말인데요, 리프를 만나기 전날 밤에 할아버지가 할머니하고 만난 얘기를 해 주셨어요."

할머니는 한 손을 입에 대고 터져 나오는 웃음을 가렸다.

"아… 설마, 냄새나는 난쟁이 왕과 기분 나쁜 그림자 귀족들에게서 할아버지가 나를 구해 주는 버전은 아니겠지?"

"네! 그거예요!"

"그런데 그 이야기는 왜, 아가야?"

"음, 이야기 끝에서 할아버지가 경쟁에서 이겨서 할머니하고 결혼하게 되는데요. 할아버지의 무기는 이야기이고 이야기는 희망의 원천이라고 했어요."

할머니가 미소 지으며 고개를 끄덕였다. 알렉시스가 말을 이었다.

"그리고 할아버지는 세상에서 가장 소중한 세 가지 선물

중에서 희망은 그저 하나일 뿐이라고 하셨어요. 하지만 다른 두 가지가 뭔지는 말씀을 안 하셨어요! 할머니한테 여쭤 보라고 하셨어요!"

두 사람의 발아래 바닥이 다시 옆으로 기울었다. 할머니는 흔들렸다. 그래서 알렉시스의 어깨에 손을 올리고 균형을 잡았다. 그리고 할머니는 장난스럽게 웃었다.

"그래, 첫 번째는 희망이야. 두 번째는 믿음 혹은 신념이지. 예를 들어 가끔 상황이 절망적으로 보이더라도 난 우리가 할아버지를 구할 거라는 믿음을 가지고 있어. 희망이 끝나는 곳에서 믿음이 시작된단다."

할머니는 알렉시스의 어깨를 다정하게 꼭 쥐었다.

"분명히 지금쯤은 네가 기억풀 만드는 법을 다 외웠을 것 같구나. 하지만 사실은 리프의 제조법에 나와 있지 않은 재료가 하나 더 있단다."

알렉시스의 눈이 커졌다.

"목록에 넣어야 하는 재료가 또 하나 있단 말이에요? 정말요? 안 돼애애애애애!"

할머니는 웃었다.

"게다가 그 재료가 아마 가장 결정적인 요소일 거야! 그게 없으면 나머지도 얻을 가능성이 별로 없거든. 그 빠진 재료는 할아버지가 말한 세 번째 선물과 같은 거야."

할머니는 마음을 가라앉히기 위해 깊이 숨을 들이쉬었다.

"할아버지는 이렇게 말했어. '공주님, 저의 희망찬 손을 잡으신다면 저는 그 마지막 선물이 성대하게 꽃필 것이라는 절대적인 믿음을 가지고 있습니다…'"

할머니는 알렉시스를 바라보았다.

"'그리고 공주님, 그 꽃은 세 가지 선물 중에서도 가장 위대한 것입니다.' 할아버지는 이렇게 말씀하셨지."

할머니는 양손으로 알렉시스의 볼을 감쌌다.

"이 세상에서 가장 귀하고 값진 선물이야. 희망, 믿음… 그리고 마지막 한 가지는 너와 내가 할아버지를 구하기 위해서 이 원대한 모험의 길에 나서게 된 이유이기도 하지."

할머니는 몸을 숙여 알렉시스의 이마에 입 맞추었다.

"희망, 믿음, 그리고 그 두 가지보다 더 중요한 것은… 사랑이야."

- 2권에 계속 -

미스트바운드 ❶ 안개에 갇힌 기억

초판 1쇄 발행 2025년 1월 27일

지은이 대릴 코 | **옮김** 정보라
펴낸곳 올리 | **펴낸이** 이원주
기획편집 최현정 정선우 김수정 | **디자인** 전성연 김다현
마케팅 양근모 권금숙 양봉호 이도경 | **온라인마케팅** 신하은 현나래 최혜빈
디지털콘텐츠 최은정 | **해외기획** 우정민 배혜림 정혜인
경영지원 김현우 강신우 이윤재 | **제작** 이진영
출판등록 2006년 9월 25일 제406-2006-000210호
주소 서울시 마포구 월드컵북로 396 누리꿈스퀘어 비즈니스타워 18층
전화 02-6712-9800 | **팩스** 02-6712-9810
이메일 allnonly.book@gmail.com | **인스타그램** @allnonly.book

ISBN 979-11-94246-65-7 (44830)   979-11-94246-64-0 (세트)